Sommaire

Sophocle

Œdipe Roi

Traduit du grec par
Paul Mazon

suivi de

Le mythe d'Œdipe
(anthologie)

Anthologie, dossier et notes réalisés par
Sophie-Aude Picon

Lecture d'image par
Agnès Verlet

folioplus
classiques

Ancienne élève de l'École normale supérieure, agrégée de lettres modernes, lauréate de la Villa Médicis hors les murs, **Sophie-Aude Picon** est l'auteur d'une biographie de Sarah Bernhardt (2010, « Folio biographies » n° 62). Pour la collection « Folioplus classiques », elle a rédigé les dossiers de *Thérèse Raquin* de Zola, d'*Antigone* de Sophocle, de *Six personnages en quête d'auteur* de Pirandello, du *Père Goriot* de Balzac et d'*Alcools* d'Apollinaire.

Agnès Verlet est l'auteur de plusieurs essais : *Les vanités de Chateaubriand* (Droz, 2001), et *Pierres parlantes, florilège d'épitaphes parisiennes* (Paris-Musées, 2000). Elle a rédigé le dossier critique des *Aventures du dernier Abencérage* de Chateaubriand (« La bibliothèque Gallimard » n° 170) ainsi que conçu et commenté l'anthologie *Écrire des rêves* (« La bibliothèque Gallimard » n° 190). Elle collabore à des revues. Elle a également publié des œuvres de fiction, parmi lesquelles *La messagère de rien* (Séguier, 1997), *Les violons brûlés* (La Différence, 2006) et *Le Bouclier d'Alexandre* (La Différence, 2014).

Œdipe Roi

Sophocle

Le mythe d'Œdipe n'est pas encore construit quand Sophocle s'empare de ce sujet. La matière tragique emprunte donc son sujet aux récits épiques et aux formes lyriques préexistantes. Eschyle, Sophocle et Euripide, les trois grands auteurs tragiques grecs, ont chacun contribué à l'élaboration du mythe, mais seul le texte de Sophocle a traversé le temps. Son Œdipe Roi *fait même figure de modèle dans la* Poétique *d'Aristote, vers 355 avant J.-C. Dans ce traité qui élabore a posteriori les règles à respecter pour composer une tragédie, Aristote recommande aux auteurs le souci de la vraisemblance de tous les éléments de la pièce. Il faut que le moteur de l'action dramatique soit un conflit ou un combat, que ce soit avec les dieux, entre les personnages, ou interne au héros, et qu'elle soit riche en péripéties qui offrent des retournements successifs et aiguisent l'attention du spectateur. Il souligne par ailleurs dans son ouvrage la fonction didactique de la tragédie qui purge les passions du spectateur en lui donnant en spectacle celles de son héros. La terreur et la pitié suscitées par le spectacle tragique doivent produire une « catharsis » ou purgation des passions, le dissuadant pour toujours d'emprunter le même chemin que celui des héros dont il a vu jouer la destinée. Pourtant, lorsque* Œdipe Roi *a été présenté au concours de tragédie d'Athènes, sans doute vers 425 avant J.-C., Sophocle n'a pas remporté le prix. En revanche, il a conquis l'éternité, sa pièce étant un modèle aujourd'hui universel, la matrice de toute version postérieure. Elle continue à faire référence, quels que soient l'écart et la distance revendiqués par le nouvel écrivain.*

PERSONNAGES

ŒDIPE, *roi de Thèbes.*
LE PRÊTRE DE ZEUS.
CRÉON, *fils de Ménécée, frère de Jocaste.*
CHŒUR DE VIEILLARDS THÉBAINS.
TIRÉSIAS, *devin.*
JOCASTE, *veuve de Laïos, femme d'Œdipe.*
UN CORINTHIEN.
UN SERVITEUR DE LAÏOS.
UN MESSAGER.

Devant le palais d'Œdipe. Un groupe d'enfants est accroupi sur les degrés du seuil. Chacun d'eux a en main un rameau d'olivier. Debout, au milieu d'eux, est le prêtre de Zeus.

PROLOGUE

ŒDIPE : Enfants, jeune lignée de notre vieux Cadmos[1], que faites-vous là ainsi à genoux, pieusement parés de rameaux suppliants ? La ville est pleine tout ensemble et de vapeurs d'encens et de péans[2] mêlés de plaintes. Je n'ai pas cru dès lors pouvoir laisser à d'autres le soin d'entendre votre appel, je suis venu à vous moi-même, mes enfants, moi, Œdipe — Œdipe au nom que nul n'ignore. Allons ! vieillard, explique-toi : tu es tout désigné pour parler en leur nom. À quoi répond votre attitude ? À quelque crainte ou à quelque désir ? Va, sache-le, je suis prêt, si je puis, à vous donner une aide entière. Il faudrait bien que je fusse insensible pour n'être pas pris de pitié à vous voir ainsi à genoux.

LE PRÊTRE : Eh bien ! je parlerai. Ô souverain de mon

1. Fondateur mythique de Thèbes.
2. Chants en l'honneur du dieu Apollon.

pays, Œdipe, tu vois l'âge de tous ces suppliants à genoux devant tes autels. Les uns n'ont pas encore la force de voler bien loin, les autres sont accablés par la vieillesse ; je suis, moi, prêtre de Zeus ; ils forment, eux, un choix de jeunes gens. Tout le reste du peuple, pieusement paré, est à genoux, ou sur nos places, ou devant les deux temples consacrés à Pallas[1], ou encore près de la cendre prophétique d'Isménos. Tu le vois comme nous, Thèbes, prise dans la houle, n'est plus en état de tenir la tête au-dessus du flot meurtrier. La mort la frappe dans les germes où se forment les fruits de son sol, la mort la frappe dans ses troupeaux de bœufs, dans ses femmes, qui n'enfantent plus la vie. Une déesse porte-torche, déesse affreuse entre toutes, la Peste, s'est abattue sur nous, fouaillant notre ville et vidant peu à peu la maison de Cadmos, cependant que le noir Enfer va s'enrichissant de nos plaintes, de nos sanglots. Certes ni moi ni ces enfants, à genoux devant ton foyer, nous ne t'égalons aux dieux ; non, mais nous t'estimons le premier de tous les mortels dans les incidents de notre existence et les conjonctures créées par les dieux. Il t'a suffi d'entrer jadis dans cette ville de Cadmos pour la libérer du tribut qu'elle payait alors à l'horrible Chanteuse[2]. Tu n'avais rien appris pourtant de la bouche d'aucun de nous, tu n'avais reçu aucune leçon : c'est par l'aide d'un dieu — chacun le dit, chacun le pense — que tu as su relever notre fortune. Eh bien ! cette fois encore, puissant Œdipe aimé de tous ici, à tes pieds, nous t'implorons. Découvre pour nous un secours. Que la voix d'un dieu te l'enseigne ou qu'un mortel t'en instruise, n'importe ! Les hommes éprouvés se trouvent aussi ceux dont je vois les conseils le plus souvent couronnés de succès. Oui, redresse notre ville, ô toi, le meil-

1. Athéna.
2. La Sphinx.

leur des humains ! Oui, prends garde pour toi-même ! Ce pays aujourd'hui t'appelle son sauveur, pour l'ardeur à le servir que tu lui montras naguère : ne va pas maintenant lui laisser de ton règne ce triste souvenir qu'après notre relèvement il aura ensuite marqué notre chute. Redresse cette ville définitivement. C'est sous d'heureux auspices que tu nous apportas autrefois le salut : ce que tu fus, sois-le encore. Aussi bien, si tu dois régner sur cette terre, comme tu y règnes aujourd'hui, ne vaut-il pas mieux pour cela qu'elle soit peuplée que déserte ? Un rempart, un vaisseau ne sont rien, s'il n'y a plus d'hommes pour les occuper.

ŒDIPE : Mes pauvres enfants, vous venez à moi chargés de vœux que je n'ignore pas — que je connais trop. Vous souffrez tous, je le sais ; mais quelle que soit votre souffrance, il n'est pas un de vous qui souffre autant que moi. Votre douleur, à vous, n'a qu'un objet : pour chacun lui-même et nul autre. Mon cœur à moi gémit sur Thèbes et sur toi et sur moi tout ensemble. Vous ne réveillez pas ici un homme pris par le sommeil. Au contraire, j'avais, sachez-le, répandu déjà bien des larmes et fait faire bien du chemin à ma pensée anxieuse. Le seul remède que j'aie pu, tout bien pesé, découvrir, j'en ai usé sans retard. J'ai envoyé le fils de Ménécée, Créon, mon beau-frère, à Pythô, chez Phœbos[1], demander ce que je devais dire ou faire pour sauvegarder notre ville. Et même le jour où nous sommes, quand je le rapproche du temps écoulé, n'est pas sans m'inquiéter : qu'arrive-t-il donc à Créon ? La durée de son absence dépasse le délai normal beaucoup plus qu'il n'est naturel. Mais dès qu'il sera là, je serais criminel, si je refusais d'accomplir ce qu'aura déclaré le dieu.

LE PRÊTRE : Tu ne pouvais parler plus à propos : ces

---

1. Autre nom d'Apollon dont le temple se situe à Pythô, autre nom de Delphes.

enfants me font justement signe que Créon est là, qui approche.

ŒDIPE : Ah ! s'il pouvait, cher Apollon, nous apporter quelque chance de sauver Thèbes, comme on se l'imagine à son air radieux !

LE PRÊTRE : On peut du moins croire qu'il est satisfait. Sinon, il n'irait pas le front ainsi paré d'une large couronne de laurier florissant.

ŒDIPE : Nous allons tout savoir. Le voici maintenant à portée de nos voix. Ô prince, cher beau-frère, ô fils de Ménécée, quelle réponse du dieu nous rapportes-tu donc ?

(Créon entre par la gauche.)

CRÉON : Une réponse heureuse. Crois-moi, les faits les plus fâcheux, lorsqu'ils prennent la bonne route, peuvent tous tourner au bonheur.

ŒDIPE : Mais quelle est-elle exactement ? Ce que tu dis — sans m'alarmer — ne me rassure guère.

CRÉON : Désires-tu m'entendre devant eux ? je suis prêt à parler. Ou bien préfères-tu rentrer ?

ŒDIPE : Va, parle devant tous. Leur deuil à eux me pèse plus que le souci de ma personne.

CRÉON : Eh bien ! voici quelle réponse m'a été faite au nom de dieu. Sire Phœbos nous donne l'ordre exprès « de chasser la souillure que nourrit ce pays, et de ne pas l'y laisser croître jusqu'à ce qu'elle soit incurable ».

ŒDIPE : Oui. Mais comment nous en laver ? Quelle est la nature du mal ?

CRÉON : En chassant les coupables, ou bien en les faisant payer meurtre pour meurtre, puisque c'est le sang dont il parle qui remue ainsi notre ville.

ŒDIPE : Mais quel est donc l'homme dont l'oracle dénonce la mort ?

CRÉON : Ce pays, prince, eut pour chef Laïos, autrefois, avant l'heure où tu eus toi-même à gouverner notre cité.

ŒDIPE : On me l'a dit ; jamais je ne l'ai vu moi-même.

CRÉON : Il est mort, et le dieu aujourd'hui nous enjoint nettement de le venger et de frapper ses assassins.

ŒDIPE : Mais où sont-ils ? Comment retrouver à cette heure la trace incertaine d'un crime si vieux ?

CRÉON : Le dieu les dit en ce pays. Ce qu'on cherche, on le trouve ; c'est ce qu'on néglige qu'on laisse échapper.

ŒDIPE : Est-ce en son palais, ou à la campagne, ou hors du pays, que Laïos est mort assassiné ?

CRÉON : Il nous avait quittés pour consulter l'oracle, disait-il. Il n'a plus reparu chez lui du jour qu'il en fut parti.

ŒDIPE : Et pas un messager, un compagnon de route n'a assisté au drame, dont on pût tirer quelque information ?

CRÉON : Tous sont morts, tous sauf un, qui a fui, effrayé, et qui n'a pu conter de ce qu'il avait vu qu'une chose, une seule…

ŒDIPE : Laquelle ? Un seul détail pourrait en éclairer bien d'autres, si seulement il nous offrait la moindre raison d'espérer.

CRÉON : Il prétendait que Laïos avait rencontré des brigands et qu'il était tombé sous l'assaut d'une troupe, non sous le bras d'un homme.

ŒDIPE : Des brigands auraient-ils montré pareille audace, si le coup n'avait pas été monté ici et payé à prix d'or ?

CRÉON : C'est bien aussi ce que chacun pensa ; mais, Laïos mort, plus de défenseur qui s'offrît à nous dans notre détresse.

ŒDIPE : Et quelle détresse pouvait donc bien vous empêcher, quand un trône venait de crouler, d'éclaircir un pareil mystère ?

CRÉON : La Sphinx aux chants perfides, la Sphinx, qui nous forçait à laisser là ce qui nous échappait, afin de regarder en face le péril placé sous nos yeux.

ŒDIPE : Eh bien ! je reprendrai l'affaire à son début et l'éclaircirai, moi. Phœbos a fort bien fait — et tu as bien fait, toi aussi — de montrer ce souci du mort. Il est juste que tous deux vous trouviez un appui en moi. Je me charge de la cause à la fois de Thèbes et du dieu. Et ce n'est pas pour des amis lointains, c'est pour moi que j'entends chasser d'ici cette souillure. Quel que soit l'assassin, il peut vouloir un jour me frapper d'un coup tout pareil. Lorsque je défends Laïos, c'est moi-même aussi que je sers. Levez-vous donc, enfants, sans tarder, de ces marches et emportez ces rameaux suppliants. Un autre cependant assemblera ici le peuple de Cadmos. Pour lui, je suis prêt à tout faire, et, si le dieu m'assiste, on me verra sans doute triompher — ou périr.

(Il rentre dans le palais avec Créon.)

LE PRÊTRE : Relevons-nous, enfants, puisque ce que nous sommes venus chercher ici, le roi nous le promet. Que Phœbos, qui nous a envoyé ces oracles, maintenant vienne nous sauver et mettre un terme à ce fléau !

(Les enfants sortent avec le Prêtre. Entre le Chœur des Vieillards.)

PARADOS :
entrée du chœur

Large.

LE CHŒUR : *Ô douce parole de Zeus, que viens-tu apporter de Pythô l'opulente à notre illustre ville,*

à Thèbes ? Mon âme, tendue par l'angoisse, est là qui palpite d'effroi. Dieu qu'on invoque avec des cris aigus, dieu de Délos, dieu guérisseur[1]*,*

quand je pense à toi, je tremble : que vas-tu exiger de nous ? une obligation nouvelle ? ou une obligation omise à renouveler au cours des années ?

Dis-le-moi, Parole éternelle fille de l'éclatante Espérance.

C'est toi que j'invoque d'abord, toi, la fille de Zeus,

immortelle Athéna ; et ta sœur aussi, reine de cette terre,

Artémis, dont la place ronde de Thèbes forme le trône glorieux ; et, avec vous, Phœbos l'Archer ; allons !

tous trois ensemble, divinités préservatrices, apparaissez à mon appel ! Si jamais, quand un désastre menaçait jadis notre ville,

vous avez su écarter d'elle la flamme du malheur, aujourd'hui encore accourez !

Plus animé.

Ah ! je souffre des maux sans nombre. Tout mon peuple est en proie au fléau, et ma pensée ne possède pas d'arme

qui nous permette une défense. Les fruits de ce noble terroir ne croissent plus à la lumière, et d'heureuses naissances

ne couronnent plus le travail qui arrache des cris aux femmes. L'un après l'autre, on peut voir les Thébains, pareils à des oiseaux ailés,

plus prompts que la flamme indomptable, se précipiter sur la rive où règne le dieu du Couchant[2].

Et la Cité se meurt en ces morts sans nombre. Nulle pitié ne va à ses fils gisant sur le sol : ils portent la mort à leur tour, personne ne gémit sur eux.

Épouses, mères aux cheveux blancs, toutes de partout affluent au pied des autels,

---

1. Attribut traditionnel d'Apollon.
2. Hadès, dieu des Enfers.

suppliantes, pleurant leurs atroces souffrances. Le péan éclate, accompagné d'un concert de sanglots.

Sauve-nous, fille éclatante de Zeus, dépêche-nous ton secours radieux !

Vif et bien marqué.

Arès le Brutal renonce cette fois au bouclier de bronze. Il vient, enveloppé d'une immense clameur, nous assaillir, nous consumer.

Ah ! qu'il fasse donc volte-face, rebroussant chemin à toute vitesse, ou jusque dans la vaste demeure d'Amphitrite,

ou jusque vers ces flots de Thrace où ne se montre aucun rivage hospitalier !

Si la nuit a laissé quelque chose à faire, c'est le jour qui vient terminer sa tâche. Sur ce cruel, ô Zeus Père, maître de l'éclair enflammé, lâche ta foudre, écrase-le !

Et toi aussi, dieu Lycien[1]*, je voudrais voir les traits partis de ton arc d'or se disperser, invincibles,*

pour me secourir, pour me protéger, en même temps que ces flambeaux dont la lueur illumine Artémis, quand elle court, bondissante, à travers les monts de Lycie.

J'appelle enfin le dieu au diadème d'or, celui qui a donné son nom à mon pays,

le dieu de l'évohé, Bacchos au visage empourpré, le compagnon des Ménades[2] *errantes. Ah ! qu'il vienne, éclairé d'une torche ardente, attaquer le dieu à qui tout honneur est refusé parmi les dieux !*

---

1. Autre façon de nommer Apollon.
2. Les Bacchantes qui accompagnent Dionysos.

PREMIER ÉPISODE

(Œdipe sort du palais et s'adresse au Chœur du haut de son seuil.)

ŒDIPE: J'entends tes prières, et à ces prières c'est moi qui réponds. Sache écouter, accueillir mes avis, sache te plier aux ordres du fléau, et tu auras le réconfort, l'allégement attendu de tes peines. Je parle ici en homme étranger au rapport qu'il vient d'entendre, étranger au crime lui-même, dont l'enquête n'irait pas loin, s'il prétendait la mener seul, sans posséder le moindre indice; et, comme je me trouve en fait un des derniers citoyens inscrits dans cette cité, c'est à vous, c'est à tous les Cadméens, que j'adresse solennellement cet appel:

«À quiconque parmi vous sait sous le bras de qui est tombé Laïos, le fils de Labdacos, j'ordonne de me révéler tout. S'il craint pour lui-même, qu'il se libère sans éclat de l'inculpation qui pèse sur lui: il n'aura nul ennui et partira d'ici en pleine sûreté. S'il connaît l'assassin comme étant un autre — voire un homme né sur une autre terre — qu'il ne garde pas le silence, je lui paierai le prix de sa révélation, et j'y joindrai ma gratitude. Mais en revanche, si vous voulez rester muets, si l'un de vous, craignant pour un des siens ou pour lui-même, se dérobe à mon appel, apprenez en ce cas comment j'entends agir. Quel que soit le coupable, j'interdis à tous, dans ce pays où j'ai le trône et le pouvoir, qu'on le reçoive, qu'on lui parle, qu'on l'associe aux prières ou aux sacrifices, qu'on lui accorde la moindre goutte d'eau lustrale. Je veux que tous, au contraire, le jettent hors de leurs maisons, comme la souillure de notre pays: l'oracle auguste de Pythô vient à l'instant de me le déclarer. Voilà comment j'entends servir et le dieu et le mort. Je voue le criminel, qu'il ait agi tout seul, sans se trahir, ou avec des complices, à user misérablement, comme un misérable, une vie sans joie ; et, si d'aventure je venais à l'admettre consciemment à mon foyer, je me voue moi-même à tous les châtiments que mes imprécations viennent à l'instant d'appeler sur d'autres. Tout cela, je vous somme de le faire pour moi, pour Apollon, pour cette terre qui se meurt, privée de ses moissons, oubliée de ses dieux. »

(Œdipe descend vers le Chœur. Sur un ton plus familier, mais qui s'anime et s'élargit peu à peu.)

Oui, quand bien même vous n'eussiez pas eu cet avis des dieux, il n'était pas décent pour vous de tolérer pareille tache. Le meilleur des rois avait disparu : il fallait pousser les recherches à fond. Je me vois à cette heure en possession du pouvoir qu'il eut avant moi, en possession de son lit, de la femme qu'il avait déjà rendue mère ; des enfants communs seraient aujourd'hui notre lot commun, si le malheur n'avait frappé sa race ; mais il a fallu que le sort vînt s'abattre sur sa tête ! C'est moi dès lors qui lutterai pour lui, comme s'il eût été mon père. J'y emploierai tous les moyens, tant je brûle de le saisir, l'auteur de ce meurtre, l'assassin du fils de Labdacos, du prince issu de Polydore, du vieux Cadmos, de l'antique Agénor ! Et pour tous ceux qui se refuseront à exécuter mes ordres, je demande aux dieux de ne pas laisser la moisson sortir de leur sol, de ne pas laisser naître d'enfants de leurs femmes, mais de les faire tous périr du mal dont nous mourons, si ce n'est d'un pire encore… À vous au contraire, à tous les Cadméens qui obéiront ici à ma voix, je souhaite de trouver comme aide et compagne la Justice, ainsi que les dieux, à jamais !

LE CORYPHÉE : Tu m'as pris dans les liens de ton imprécation, ô roi : je te parlerai comme elle l'exige. Je n'ai pas commis le meurtre ; je ne saurais pas davantage te désigner le meurtrier. Mais c'était à Phœbos, en nous répondant, de nous dire ce que nous cherchons, le nom de l'assassin.

ŒDIPE : Tu dis vrai ; mais est-il personne qui puisse contraindre les dieux à faire ce qu'ils ne veulent pas ?

LE CORYPHÉE : Je voudrais bien alors te donner un second avis.

ŒDIPE : Voire un troisième, si tu veux. Va, n'hésite pas à parler.

LE CORYPHÉE : Comme sire Apollon, sire Tirésias possède, je le sais, le don de clairvoyance. En recourant à lui pour mener cette enquête, on serait renseigné très exactement, roi.

ŒDIPE : Mais je n'ai pas non plus négligé ce moyen. Créon m'en a parlé, et j'ai dépêché sur l'heure au devin deux messagers. Je m'étonne même depuis un moment qu'il ne soit pas là.

LE CORYPHÉE : Disons-le bien aussi, tout le reste ne compte pas : propos en l'air et radotages.

ŒDIPE : Quels propos ? Il n'est rien de ce que l'on dit que je n'entende contrôler.

LE CORYPHÉE : On l'a dit tué par d'autres voyageurs.

ŒDIPE : Je l'ai aussi entendu dire. Mais le témoin qui aurait vu le fait, personne ici ne le voit plus lui-même.

LE CORYPHÉE : Mais, s'il est tant soit peu accessible à la crainte, devant tes imprécations, le criminel ne pourra plus tenir.

ŒDIPE : Celui qui n'a pas peur d'un acte a moins peur encore d'un mot.

LE CORYPHÉE : Mais il est quelqu'un qui peut le confondre : voici que l'on t'amène l'auguste devin, celui qui, seul parmi les hommes, porte en son sein la vérité !

(Entre Tirésias, guidé par un enfant. Deux esclaves d'Œdipe les accompagnent.)

ŒDIPE : Toi qui scrutes tout, ô Tirésias, aussi bien ce qui s'enseigne que ce qui demeure interdit aux lèvres humaines, aussi bien ce qui est du ciel que ce qui marche sur la terre, tu as beau être aveugle, tu n'en sais pas moins de quel fléau Thèbes est la proie. Nous ne voyons que toi, seigneur, qui puisses contre lui nous protéger et nous sauver. Phœbos, en effet — si tu n'as rien su par mes envoyés — Phœbos consulté nous a conseillés ainsi. Un seul moyen nous est offert pour nous délivrer du fléau : c'est de trouver les assassins de Laïos, pour les faire ensuite périr ou les exiler du pays. Ne nous refuse donc ni les avis qu'inspirent les oiseaux, ni aucune démarche de la science prophétique, et sauve-toi, toi et ton pays, sauve-moi aussi, sauve-nous de toute souillure que peut nous infliger le mort. Notre vie est entre tes mains. Pour un homme, aider les autres dans la mesure de sa force et de ses moyens, il n'est pas de plus noble tâche.

TIRÉSIAS : Hélas ! hélas ! qu'il est terrible de savoir, quand le savoir ne sert de rien à celui qui le possède ! Je ne l'ignorais pas ; mais je l'ai oublié. Je ne fusse pas venu sans cela.

ŒDIPE : Qu'est-ce là ? et pourquoi pareil désarroi à la pensée d'être venu ?

TIRÉSIAS : Va, laisse-moi rentrer chez moi : nous aurons, si tu m'écoutes, moins de peine à porter, moi mon sort, toi le tien.

ŒDIPE : Que dis-tu ? Il n'est ni normal ni conforme à l'amour que tu dois à Thèbes, ta mère, de lui refuser un oracle.

TIRÉSIAS : Ah ! c'est que je te vois toi-même ne pas dire ici ce qu'il faut ; et, comme je crains de commettre la même erreur à mon tour…

ŒDIPE : Non, par les dieux ! si tu sais, ne te détourne pas de nous. Nous sommes tous ici à tes pieds, suppliants.

TIRÉSIAS : C'est que tous, tous, vous ignorez… Mais non, n'attends pas de moi que je révèle mon malheur — pour ne pas dire : le tien.

ŒDIPE : Comment ? tu sais et tu ne veux rien dire ! Ne comprends-tu pas que tu nous trahis et perds ton pays ?

TIRÉSIAS : Je ne veux affliger ni toi ni moi. Pourquoi me pourchasser vainement de la sorte ? De moi tu ne sauras rien.

ŒDIPE : Ainsi, ô le plus méchant des méchants — car vraiment tu mettrais en fureur un roc — ainsi, tu ne veux rien dire, tu prétends te montrer insensible, entêté à ce point ?

TIRÉSIAS : Tu me reproches mon furieux entêtement, alors que tu ne sais pas voir celui qui loge chez toi, et c'est moi qu'ensuite tu blâmes !

ŒDIPE : Et qui ne serait en fureur à entendre de ta bouche des mots qui sont autant d'affronts pour cette ville ?

TIRÉSIAS : Les malheurs viendront bien seuls : peu importe que je me taise et cherche à te les cacher !

ŒDIPE : Mais alors, s'ils doivent venir, faut-il pas que tu me les dises ?

TIRÉSIAS : Je n'en dirai pas plus. Après quoi, à ta guise ! laisse ton dépit déployer sa fureur la plus farouche.

ŒDIPE : Eh bien soit ! Dans la fureur où je suis, je ne cèlerai rien de ce que j'entrevois. Sache donc qu'à mes yeux c'est toi qui as tramé le crime, c'est toi qui l'as commis — à cela près seulement que ton bras n'a pas frappé. Mais, si tu avais des yeux, je dirais que même cela, c'est toi, c'est toi seul qui l'as fait.

TIRÉSIAS : Vraiment ? Eh bien, je te somme, moi, de t'en tenir à l'ordre que tu as proclamé toi-même, et donc de ne plus parler de ce jour à qui que ce soit, ni à moi, ni à ces gens; car, sache-le, c'est toi, c'est toi, le criminel qui souille ce pays!

ŒDIPE: Quoi? tu as l'impudence de lâcher pareil mot! Mais comment crois-tu donc te dérober ensuite?

TIRÉSIAS: Je demeure hors de tes atteintes: en moi vit la force du vrai.

ŒDIPE: Et qui t'aurait appris le vrai? Ce n'est certes pas ton art.

TIRÉSIAS: C'est toi, puisque tu m'as poussé à parler malgré moi.

ŒDIPE: Et à dire quoi? répète, que je sache mieux.

TIRÉSIAS: N'as-tu donc pas compris? Ou bien me tâtes-tu pour me faire parler?

ŒDIPE: Pas assez pour dire que j'ai bien saisi. Va, répète encore.

TIRÉSIAS: Je dis que c'est toi l'assassin cherché.

ŒDIPE: Ah! tu ne répéteras pas telles horreurs impunément!

TIRÉSIAS: Et dois-je encore, pour accroître ta fureur…

ŒDIPE: Dis ce que tu voudras: tu parleras pour rien.

TIRÉSIAS: Eh bien donc, je le dis. Sans le savoir, tu vis dans un commerce infâme avec les plus proches des tiens, et sans te rendre compte du degré de misère où tu es parvenu.

ŒDIPE: Et tu t'imagines pouvoir en dire plus sans qu'il t'en coûte rien?

TIRÉSIAS: Oui, si la vérité garde quelque pouvoir.

ŒDIPE: Ailleurs, mais pas chez toi! Non, pas chez un aveugle, dont l'âme et les oreilles sont aussi fermées que les yeux!

TIRÉSIAS: Mais toi aussi, tu n'es qu'un malheureux, quand tu me lances des outrages que tous ces gens bientôt te lanceront aussi.

ŒDIPE : Tu ne vis, toi, que de ténèbres : comment donc me pourrais-tu nuire, à moi, comme à quiconque voit la clarté du jour ?

TIRÉSIAS : Non, mon destin n'est pas de tomber sous tes coups : Apollon n'aurait pas de peine à te les faire payer.

ŒDIPE : Est-ce Créon ou toi qui inventas l'histoire ?

TIRÉSIAS : Ce n'est pas Créon qui te perd, c'est toi.

ŒDIPE : Ah ! richesse, couronne, savoir surpassant tous autres savoirs, vous faites sans doute la vie enviable ; mais que de jalousies vous conservez aussi contre elle chez vous ! s'il est vrai que, pour ce pouvoir, que Thèbes m'a mis elle-même en main, sans que je l'aie, moi, demandé jamais, Créon, le loyal Créon, l'ami de toujours, cherche aujourd'hui sournoisement à me jouer, à me chasser d'ici, et qu'il a pour cela suborné ce faux prophète, ce grand meneur d'intrigues, ce fourbe charlatan, dont les yeux sont ouverts au gain, mais tout à fait clos pour son art. Car enfin, dis-moi, quand donc as-tu été un devin véridique ? pourquoi, quand l'ignoble Chanteuse était dans nos murs, ne disais-tu pas à ces citoyens le mot qui les eût sauvés ? Ce n'était pourtant pas le premier venu qui pouvait résoudre l'énigme : il fallait là l'art d'un devin. Cet art, tu n'as pas montré que tu l'eusses appris ni des oiseaux ni d'un dieu ! Et cependant j'arrive, moi Œdipe, ignorant de tout, et c'est moi, moi seul, qui lui ferme la bouche, sans rien connaître des présages, par ma seule présence d'esprit. Et voilà l'homme qu'aujourd'hui tu prétends expulser de Thèbes ! Déjà tu te vois sans doute debout auprès du trône de Créon ? Cette expulsion-là pourrait te coûter cher, à toi comme à celui qui a mené l'intrigue. Si tu ne me faisais l'effet d'un bien vieil homme, tu recevrais exactement la leçon due à ta malice.

LE CORYPHÉE : Il nous semble bien à nous que, si ses mots étaient dictés par la colère, il en est de même pour les tiens, Œdipe ; et ce n'est pas de tels propos que nous avons besoin ici. Comment résoudre au mieux l'oracle d'Apollon ! voilà seulement ce que nous avons à examiner.

TIRÉSIAS : Tu règnes ; mais j'ai mon droit aussi, que tu dois reconnaître, le droit de te répondre point pour point à mon tour, et il est à moi sans conteste. Je ne suis pas à tes ordres, je suis à ceux de Loxias[1] ; je n'aurai pas dès lors à réclamer le patronage de Créon. Et voici ce que je te dis. Tu me reproches d'être aveugle ; mais toi, toi qui y vois, comment ne vois-tu pas à quel point de misère tu te trouves à cette heure ? et sous quel toit tu vis, en compagnie de qui ? — sais-tu seulement de qui tu es né ? — Tu ne te doutes pas que tu es en horreur aux tiens, dans l'enfer comme sur la terre. Bientôt, comme un double fouet, la malédiction d'un père et d'une mère, qui approche terrible, va te chasser d'ici. Tu vois le jour : tu ne verras bientôt plus que la nuit. Quels bords ne rempliras-tu pas alors de tes clameurs ? — quel Cithéron n'y fera pas écho ? — lorsque tu comprendras quel rivage inclément fut pour toi cet hymen où te fit aborder un trop heureux voyage ! Tu n'entrevois pas davantage le flot de désastres nouveaux qui va te ravaler au rang de tes enfants ! Après cela, va, insulte Créon, insulte mes oracles : jamais homme avant toi n'aura plus durement été broyé du sort.

ŒDIPE : Ah ! peut-on tolérer d'entendre parler de la sorte ? Va-t'en à la male heure, et vite ! Vite, tourne le dos à ce palais. Loin d'ici ! va-t'en !

TIRÉSIAS : Je ne fusse pas venu de moi-même : c'est toi seul qui m'as appelé.

ŒDIPE : Pouvais-je donc savoir que tu ne dirais que sottises ? J'aurais pris sans cela mon temps pour te mander jusqu'ici.

---

1. L'« oblique », surnom d'Apollon dû à ses oracles ambigus.

TIRÉSIAS : Je t'apparais donc sous l'aspect d'un sot ? Pourtant j'étais un sage aux yeux de tes parents.

ŒDIPE : Quels parents ? Reste là. De qui suis-je le fils ?

TIRÉSIAS : Ce jour te fera naître et mourir à la fois.

ŒDIPE : Tu ne peux donc user que de mots obscurs et d'énigmes ?

TIRÉSIAS : Quoi ! tu n'excelles plus à trouver les énigmes ?

ŒDIPE : Va, reproche-moi donc ce qui fait ma grandeur.

TIRÉSIAS : C'est ton succès pourtant qui justement te perd.

ŒDIPE : Si j'ai sauvé la ville, que m'importe le reste ?

TIRÉSIAS : Eh bien ! je pars. Enfant, emmène-moi.

ŒDIPE : Oui, certes, qu'il t'emmène ! Ta présence me gêne et me pèse. Tu peux partir : je n'en serai pas plus chagrin.

TIRÉSIAS : Je pars, mais je dirai d'abord ce pour quoi je suis venu. Ton visage ne m'effraie pas : ce n'est pas toi qui peux me perdre. Je te le dis en face : l'homme que tu cherches depuis quelque temps avec toutes ces menaces, ces proclamations sur Laïos assassiné, cet homme est ici même. On le croit un étranger, un étranger fixé dans le pays : il se révélera un Thébain authentique — et ce n'est pas cette aventure qui lui procurera grand-joie. Il y voyait : de ce jour il sera aveugle ; il était riche : il mendiera, et, tâtant sa route devant lui avec son bâton, il prendra le chemin de la terre étrangère. Et, du même coup, il se révélera père et frère à la fois des fils qui l'entouraient, époux et fils ensemble de la femme dont il est né, rival incestueux aussi bien qu'assassin de son propre père ! Rentre à présent, médite mes oracles, et, si tu t'assures que je t'ai menti, je veux bien alors que tu dises que j'ignore tout de l'art des devins.

(Il sort. Œdipe rentre dans son palais.)

PREMIER STASIMON :
chant du chœur

Animé.

LE CHŒUR : *Quel est donc celui qu'à Delphes a désigné la roche prophétique comme ayant de sa main sanglante consommé des forfaits passant tous les forfaits ?*

Voici l'heure pour lui de mouvoir dans sa fuite des jarrets plus robustes que ceux de ces cavales qui luttent avec les vents.

Déjà sur lui le fils de Zeus s'élance, armé de flammes et d'éclairs, et sur ses traces courent les déesses de mort, les terribles déesses qui jamais n'ont manqué leur proie.

Elle vient de luire, éclatante, la parole jaillie du Parnasse neigeux. Elle veut que chacun se jette sur la piste du coupable incertain.

Déjà il va errant par la forêt sauvage, à travers grottes et rochers, tout comme un taureau.

Solitaire et misérable dans sa fuite misérable, il tâche d'échapper aux oracles sortis du centre de la terre. Mais eux sont toujours là, volant autour de lui !

Plus soutenu.

Sans doute il me trouble, me trouble étrangement, le sage devin. Je ne puis le croire ni le démentir. Que dire ? Je ne sais. Je flotte au vent de mes craintes et ne vois plus rien ni devant ni derrière moi.

Quel grief pouvait exister, soit dans l'âme des Labdacides, soit dans celle du fils de Polybe ? Ni dans le passé ni dans le présent,

je ne trouve la moindre preuve qui me force à partir en guerre contre le renom bien assis d'Œdipe, et à m'instituer, au nom des Labdacides, le vengeur de tel ou tel meurtre incertain.

Mais, si Zeus et si Apollon sont sans doute clairvoyants et s'ils sont bien instruits du destin des mortels, parmi les hommes en revanche, un devin possède-t-il, lui, des dons supérieurs aux miens ? Rien ne l'atteste vraiment. Oui, un savoir humain

peut toujours en dépasser d'autres, mais, tant que je n'aurai pas vu se vérifier les dires de ses accusateurs, je me refuse à les admettre.

Ce qui demeure manifeste, c'est que la Vierge ailée un jour s'en prit à lui, et qu'il prouva alors et sa sagesse et son amour pour Thèbes. Et c'est pourquoi jamais mon cœur ne lui imputera un crime.

DEUXIÈME ÉPISODE

(Créon arrive par la droite.)

CRÉON : On m'apprend, citoyens, que notre roi Œdipe se répand contre moi en propos singuliers. L'idée m'en est intolérable, et c'est pourquoi je suis ici. Si vraiment il s'imagine qu'à l'heure où nous nous trouvons je lui cause le moindre tort, soit en paroles, soit en actes, je ne souhaite plus de vivre davantage : tel décri[1] me pèserait trop. Des dires de ce genre m'apportent plus qu'un simple préjudice : serait-il pour moi rien de pis que de passer pour un félon dans ma cité, pour un félon à tes yeux ainsi qu'aux yeux de tous les miens ?

LE CORYPHÉE : L'outrage a bien pu lui être arraché par la colère plutôt qu'énoncé de sang-froid.

CRÉON : Et la chose a été formellement dite : ce serait pour servir mes vues que le devin aurait énoncé ces mensonges ?

---

1. Perte de réputation.

LE CORYPHÉE: Oui, c'est bien là ce qu'il disait, mais dans quel esprit ? je l'ignore.

CRÉON : Mais conservait-il le regard, le jugement d'un homme ayant sa tête, alors qu'il lançait cette accusation contre moi ?

LE CORYPHÉE: Je ne sais pas: je n'ai point d'yeux pour ce que font mes maîtres. Mais le voici qui sort à l'instant du palais.

(Œdipe paraît sur son seuil.)

ŒDIPE: Hé là ! que fais-tu donc ici ? Quoi ! tu as le front, insolent, de venir jusqu'à mon palais, assassin qui en veux clairement à ma vie, brigand visiblement avide de mon trône !... Mais, voyons, parle, au nom des dieux ! qu'as-tu saisi en moi — lâcheté ou sottise ? — pour que tu te sois décidé à me traiter de cette sorte ? Ou pensais-tu que je ne saurais pas surprendre ton complot en marche, ni lui barrer la route, si je le surprenais ? La sottise est plutôt dans ton projet, à toi, toi qui, sans le peuple, toi qui, sans amis, pars à la conquête d'un trône que l'on n'a jamais obtenu que par le peuple et par l'argent.

CRÉON : Sais-tu ce que tu as à faire ? Tu as parlé: laisse-moi parler à mon tour, puis juge toi-même, une fois que tu m'auras entendu.

ŒDIPE: Tu parles bien, mais moi, je t'entends mal. Je te trouve à la fois hostile et inquiétant.

CRÉON: Sur ce point justement, commence par m'écouter.

ŒDIPE: Sur ce point justement, ne commence pas par dire que tu n'es pas un félon.

CRÉON: Si vraiment tu t'imagines qu'arrogance sans raison constitue un avantage, tu n'as plus alors ton bon sens.

ŒDIPE: Si vraiment tu t'imagines qu'un parent qui trahit les siens n'en doit pas être châtié, tu as perdu aussi le sens.

CRÉON : J'en suis d'accord. Rien de plus juste. Mais quel tort prétends-tu avoir subi de moi ? dis-le.

ŒDIPE : Oui ou non, soutenais-tu que je devais envoyer quérir l'auguste devin ?

CRÉON : Et, à cette heure encore, je suis du même avis.

ŒDIPE : Dis-moi donc depuis quand votre roi Laïos...

CRÉON : A fait quoi ? je ne saisis pas toute ta pensée.

ŒDIPE : ... a disparu, victime d'une agression mortelle.

CRÉON : On compterait depuis beaucoup de longues et de vieilles années.

ŒDIPE : Notre devin déjà exerçait-il son art ?

CRÉON : Oui, déjà aussi sage, aussi considéré.

ŒDIPE : Parla-t-il de moi en cette occurrence ?

CRÉON : Non, jamais, du moins devant moi.

ŒDIPE : Mais ne fîtes-vous pas d'enquête sur le mort ?

CRÉON : Si ! cela va de soi — sans aboutir à rien.

ŒDIPE : Et pourquoi le sage devin ne parlait-il donc pas alors ?

CRÉON : Je ne sais. Ma règle est de me taire quand je n'ai pas d'idée.

ŒDIPE : Ce que tu sais et ce que tu diras, si tu n'as pas du moins perdu le sens...

CRÉON : Quoi donc ? Si je le sais, je ne cacherai rien.

ŒDIPE : C'est qu'il ne m'eût jamais, sans accord avec toi, attribué la mort de Laïos.

CRÉON : Si c'est là ce qu'il dit, tu le sais par toi-même. Je te demande seulement de répondre, toi, à ton tour, ainsi que je l'ai fait pour toi.

ŒDIPE : Soit ! interroge-moi : ce n'est pas en moi qu'on découvrira l'assassin !

CRÉON : Voyons : tu as bien épousé ma sœur.

ŒDIPE : Il me serait bien malaisé d'aller prétendre le contraire.

CRÉON : Tu règnes donc sur ce pays avec des droits égaux aux siens ?

ŒDIPE : Et tout ce dont elle a envie, sans peine elle l'obtient de moi.

CRÉON : Et n'ai-je pas, moi, part égale de votre pouvoir à tous deux ?

ŒDIPE : Et c'est là justement que tu te révèles un félon !

CRÉON : Mais non ! Rends-toi seulement compte de mon cas. Réfléchis à ceci d'abord : crois-tu que personne aimât mieux régner dans le tremblement sans répit, que dormir paisible tout en jouissant du même pouvoir ? Pour moi, je ne suis pas né avec le désir d'être roi, mais bien avec celui de vivre comme un roi. Et de même quiconque est doué de raison. Aujourd'hui, j'obtiens tout de toi, sans le payer d'aucune crainte : si je régnais moi-même, que de choses je devrais faire malgré moi ! Comment pourrais-je donc trouver le trône préférable à un pouvoir, à une autorité qui ne m'apportent aucun souci ? Je ne me leurre pas au point de souhaiter plus qu'honneur uni à profit. Aujourd'hui je me trouve à mon aise avec tous, aujourd'hui chacun me fête, aujourd'hui quiconque a besoin de toi vient me chercher jusque chez moi : pour eux, le succès est là tout entier. Et je lâcherais ceci pour cela ? Non, raison ne saurait devenir déraison. Jamais je n'eus de goût pour une telle idée. Et je n'aurais pas admis davantage de m'allier à qui aurait agi ainsi. La preuve ? Va à Pythô tout d'abord, et demande si je t'ai rapporté exactement l'oracle. Après quoi, si tu peux prouver que j'aie comploté avec le devin, fais-moi mettre à mort : ce n'est pas ta voix seule qui me condamnera, ce sont nos deux voix, la mienne et la tienne. Mais ne va pas, sur un simple soupçon, m'incriminer sans m'avoir entendu. Il n'est pas équitable de prendre à la légère les méchants pour les bons, les bons pour les méchants. Rejeter un ami loyal, c'est en fait se priver d'une part de sa propre vie, autant dire de ce qu'on chérit plus que tout. Mais cela, il faut du temps pour l'apprendre de façon sûre. Le temps seul est capable de montrer l'honnête homme, tandis qu'il suffit d'un jour pour dévoiler un félon.

LE CORYPHÉE : Qui prétend se garder d'erreur trouvera qu'il a bien parlé. Trop vite décider n'est pas sans risque, roi.

ŒDIPE : Quand un traître, dans l'ombre, se hâte vers moi, je dois me hâter, moi aussi, de prendre un parti. Que je reste là sans agir, voilà son coup au but et le mien manqué.

CRÉON : Que souhaites-tu donc ? M'exiler du pays ?

ŒDIPE : Nullement : c'est ta mort que je veux, ce n'est pas ton exil.

CRÉON : Mais montre-moi d'abord la raison de ta haine.

ŒDIPE : Tu prétends donc être rebelle ? Tu te refuses à obéir ?

CRÉON : Oui, quand je te vois hors de sens.

ŒDIPE : J'ai le sens de mon intérêt.

CRÉON : L'as-tu du mien aussi ?

ŒDIPE : Tu n'es, toi, qu'un félon.

CRÉON : Et si tu ne comprends rien ?

ŒDIPE : N'importe ! obéis à ton roi.

CRÉON : Pas à un mauvais roi.

ŒDIPE : Thèbes ! Thèbes !

CRÉON : Thèbes est à moi autant qu'à toi.

LE CORYPHÉE : Ô princes, arrêtez !... Mais je vois Jocaste sortir justement du palais. Il faut qu'elle vous aide à régler la querelle qui vous a mis aux prises.

(Jocaste apparaît au seuil du palais et s'interpose entre Œdipe et Créon.)

JOCASTE : Malheureux ! qu'avez-vous à soulever ici une absurde guerre de mots ? N'avez-vous pas de honte, lorsque votre pays souffre ce qu'il souffre, de remuer ici vos rancunes privées ? *(À Œdipe.)* Allons, rentre au palais. Et toi chez toi, Créon. Ne faites pas d'un rien une immense douleur.

CRÉON : C'est ton époux, ma sœur, c'est Œdipe, qui prétend me traiter d'une étrange façon et décider lui-même s'il me chassera de Thèbes ou m'arrêtera pour me mettre à mort.

ŒDIPE : Parfaitement ! Ne l'ai-je pas surpris en train de monter criminellement contre ma personne une intrigue criminelle ?

CRÉON : Que toute chance m'abandonne et que je meure à l'instant même sous ma propre imprécation, si j'ai jamais fait contre toi rien de ce dont tu m'accuses !

JOCASTE : Au nom des dieux, Œdipe, sur ce point-là, crois-le. Respecte sa parole — les dieux en sont garants — respecte-moi aussi, et tous ceux qui sont là.

Assez agité.

LE CHŒUR : *Cède à sa prière, montre bon vouloir, reprends ton sang-froid, je t'en prie, seigneur !*

ŒDIPE : Alors que dois-je t'accorder ?

LE CHŒUR : *Respecte ici un homme qui jamais ne fut fou, et qu'aujourd'hui son serment rend sacré.*

ŒDIPE : Mais sais-tu bien ce que tu souhaites ?

LE CORYPHÉE : Je le sais.

ŒDIPE : Eh bien ! dis ce que tu veux dire.

LE CHŒUR : *C'est ton parent ; un serment le protège ; ne lui fais pas l'affront de l'accuser sur un simple soupçon.*

ŒDIPE : Voilà donc ce que tu demandes ! En ce cas, sache-le bien, tu veux ma mort, ou mon exil.

LE CHŒUR : *Non, j'en prends à témoin le dieu qui prime tous les dieux, j'en prends à témoin le Soleil, que je périsse ici dans les derniers supplices, abandonné des dieux, abandonné des miens, si j'ai telle pensée !*

Mais ce pays qui meurt désole mon âme, si je dois voir maintenant s'ajouter aux maux d'hier des maux qui viennent de vous deux.

ŒDIPE : Eh bien soit ! qu'il parte ! dussé-je périr à coup sûr, ou me voir expulsé par force et ignominieusement de Thèbes. C'est ton langage qui me touche ; il m'apitoie, et non le sien. Où qu'il soit, il sera, lui, l'objet de ma haine.

CRÉON : Tu cèdes la rage au cœur, on le voit, pour être ensuite tout confus, quand ton courroux sera tombé. Des caractères comme le tien sont surtout pénibles à eux-mêmes, et c'est bien justice.

ŒDIPE : Vas-tu donc me laisser en paix et t'en aller !

CRÉON : Je m'en vais, tu m'auras méconnu ; mais pour eux je reste l'homme que j'étais.

(Il s'éloigne par la gauche.)

Assez agité.

LE CHŒUR : *Que tardes-tu, femme, à l'emmener chez lui ?*

JOCASTE : Je veux savoir d'abord ce qui est arrivé.

LE CHŒUR : *Une idée qu'on s'est faite sur des mots mal compris. Mais on se pique aussi d'un injuste reproche.*

JOCASTE : Tous deux sont responsables, alors ?

LE CORYPHÉE : Oui.

JOCASTE : Mais quel était donc le propos ?

LE CHŒUR : *C'est assez, bien assez, quand Thèbes souffre déjà tant, d'en rester où finit l'affaire.*

ŒDIPE : Tu vois à quoi tu aboutis, malgré ta bonne intention, en faisant ainsi fléchir et en émoussant mon courroux ?

LE CHŒUR : *Ô roi, je te l'ai dit plus d'une fois déjà, je me montrerais, sache-le, insensé, privé de raison, si je me détachais de toi.*

C'est toi qui, quand ma cité était en proie aux traverses, as su la remettre dans le sens du vent : aujourd'hui encore, si tu peux, pour elle sois le bon pilote.

JOCASTE : Au nom des dieux, dis-moi, seigneur, ce qui a bien pu, chez toi, soulever pareille colère.

ŒDIPE : Oui, je te le dirai. Je te respecte, toi, plus que tous ceux-là. C'est Créon, c'est le complot qu'il avait formé contre moi.

JOCASTE : Parle, que je voie si tu peux exactement dénoncer l'objet de cette querelle.

ŒDIPE : Il prétend que c'est moi qui ai tué Laïos.

JOCASTE : Le sait-il par lui-même ? ou le tient-il d'un autre ?

ŒDIPE : Il nous a dépêché un devin — un coquin. Pour lui, il garde sa langue toujours libre d'impudence.

JOCASTE : Va, absous-toi toi-même du crime dont tu parles, et écoute-moi. Tu verras que jamais créature humaine ne posséda rien de l'art de prédire. Et je vais t'en donner la preuve en peu de mots. Un oracle arriva jadis à Laïos, non d'Apollon lui-même, mais de ses serviteurs. Le sort qu'il avait à attendre était de périr sous le bras d'un fils qui naîtrait de lui et de moi. Or Laïos, dit la rumeur publique, ce sont des brigands qui l'ont abattu, au croisement de deux chemins, et d'autre part, l'enfant une fois né, trois jours ne s'étaient pas écoulés, que déjà Laïos, lui liant les talons, l'avait fait jeter sur un mont désert. Là aussi, Apollon ne put faire ni que le fils tuât son père, ni que Laïos, comme il le redoutait, pérît par la main de son fils. C'était bien pourtant le destin que des voix prophétiques nous avaient signifié !

De ces voix-là ne tiens donc aucun compte. Les choses dont un dieu poursuit l'achèvement, il saura bien les révéler lui-même.

ŒDIPE : Ah ! comme à t'entendre, je sens soudain, ô femme, mon âme qui s'égare, ma raison qui chancelle !

JOCASTE : Quelle inquiétude te fait soudainement regarder en arrière ?

ŒDIPE : Tu as bien dit ceci : Laïos aurait été tué au croisement de deux chemins ?

JOCASTE : On l'a dit alors, on le dit toujours.

ŒDIPE : Et en quel pays se place l'endroit où Laïos aurait subi ce sort ?

JOCASTE : Le pays est la Phocide ; le carrefour est celui où se joignent les deux chemins qui viennent de Delphes et de Daulia.

ŒDIPE : Et combien de temps se serait-il passé depuis l'événement ?

JOCASTE : C'est un peu avant le jour où fut reconnu ton pouvoir sur Thèbes que la nouvelle en fut apportée ici.

ŒDIPE : Ah ! que songes-tu donc, Zeus, à faire de moi ?

JOCASTE : Quel est le souci qui te tient, Œdipe ?

ŒDIPE : Attends encore un peu pour m'interroger. Et Laïos, quelle était son allure ? quel âge portait-il ?

JOCASTE : Il était grand. Les cheveux sur son front commençaient à blanchir. Son aspect n'était pas très éloigné du tien.

ŒDIPE : Malheureux ! je crains bien d'avoir, sans m'en douter, lancé contre moi-même tout à l'heure d'étranges malédictions.

JOCASTE : Que dis-tu, seigneur ? Je tremble à te regarder.

ŒDIPE : Je perds terriblement courage à l'idée que le devin ne voie trop clair. Tu achèveras de me le prouver d'un seul mot encore.

JOCASTE : Certes j'ai peur aussi ; mais apprends-moi ce que tu veux savoir et je te répondrai.

ŒDIPE : Laïos allait-il en modeste équipage ? ou entouré de gardes en nombre, ainsi qu'il convient à un souverain ?

JOCASTE : Ils étaient cinq en tout, dont un héraut. Un chariot portait Laïos.

ŒDIPE : Ah ! cette fois tout est clair !... Mais qui vous a fait le récit, ô femme ?

JOCASTE : Un serviteur, le seul survivant du voyage.

ŒDIPE : Est-il dans le palais, à l'heure où nous sommes ?

JOCASTE : Non, sitôt de retour, te trouvant sur le trône et voyant Laïos mort, le voilà qui me prend la main, me supplie de le renvoyer à ses champs, à la garde de ses bêtes. Il voulait être désormais le plus loin possible de Thèbes. Je le laissai partir. Ce n'était qu'un esclave, mais qui méritait bien cela, et mieux encore.

ŒDIPE : Pourrait-on nous le faire revenir au plus vite ?

JOCASTE : On le peut. Mais pourquoi désires-tu si ardemment sa présence ?

ŒDIPE : Je crains pour moi, ô femme, je crains d'avoir trop parlé. Et c'est pourquoi je veux le voir.

JOCASTE : Il viendra. Mais moi aussi, ne mérité-je pas d'apprendre ce qui te tourmente, seigneur ?

ŒDIPE : Je ne saurais te dire non : mon anxiété est trop grande. Quel confident plus précieux pourrais-je donc avoir que toi, au milieu d'une telle épreuve ? Mon père est Polybe — Polybe de Corinthe. Mérope, ma mère, est une Dorienne. J'avais le premier rang là-bas, parmi les citoyens, lorsque survint un incident, qui méritait ma surprise sans doute, mais ne méritait pas qu'on le prît à cœur comme je le pris. Pendant un repas, au moment du vin, dans l'ivresse, un homme m'appelle « enfant supposé ». Le mot me fit mal ; j'eus peine ce jour-là à me contenir, et dès le lendemain j'allai questionner mon père et ma mère. Ils se montrèrent indignés contre l'auteur du propos ; mais, si leur attitude en cela me satisfit, le mot n'en cessait pas moins de me poindre et faisait son chemin peu à peu dans mon cœur. Alors, sans prévenir mon père ni ma mère, je pars pour Pythô ; et là Phœbos me renvoie sans même avoir daigné répondre à ce pour quoi j'étais venu, mais non sans avoir en revanche prédit à l'infortuné que j'étais le plus horrible, le plus lamentable destin : j'entrerais au lit de ma mère, je ferais voir au monde une race monstrueuse, je serais l'assassin du père dont j'étais né ! Si bien qu'après l'avoir entendu, à jamais, sans plus de façons, je laisse là Corinthe et son territoire, je m'enfuis vers des lieux où je ne pusse voir se réaliser les ignominies que me prédisait l'effroyable oracle. Et voici qu'en marchant j'arrive à l'endroit même où tu prétends que ce prince aurait péri… Eh bien ! à toi, femme, je dirai la vérité tout entière. Au moment où, suivant ma route, je m'approchais du croisement des deux chemins, un héraut, puis, sur un chariot attelé de pouliches, un homme tout pareil à celui que tu me décris, venaient à ma rencontre. Le guide, ainsi que le vieillard lui-même, cherche à me repousser de force. Pris de colère, je frappe, moi, celui qui me prétend écarter de ma route, le conducteur. Mais le vieux me voit, il épie l'instant où je passe près de lui et de son chariot il m'assène en pleine tête un coup de son double fouet. Il paya cher ce geste-là ! En un moment, atteint par le bâton que brandit cette main, il tombe à la renverse et du milieu du chariot il s'en va rouler à terre — et je les tue tous… Si quelque lien existe entre Laïos et cet inconnu, est-il à cette heure un mortel plus à plaindre que celui que tu vois ? Est-il homme plus abhorré des dieux ? Étranger, citoyen, personne ne peut plus me recevoir chez lui, m'adresser la parole, chacun me doit écarter de son seuil. Bien plus, c'est moi-même qui me trouve aujourd'hui avoir lancé contre moi-même les imprécations que tu sais. À l'épouse du mort j'inflige une souillure, quand je la prends entre ces bras qui ont fait périr Laïos ! Suis-je donc pas un criminel ? suis-je pas tout impureté ? puisqu'il faut que je m'exile, et qu'exilé je renonce à revoir les miens, à fouler de mon pied le sol de ma patrie ; sinon, je devrais tout ensemble entrer dans le lit de ma mère et devenir l'assassin de mon père, ce Polybe qui m'a engendré et nourri. Est-ce donc pas un dieu cruel qui m'a réservé ce destin ? On peut le dire, et sans erreur. Ô sainte majesté des dieux, non, que jamais je ne voie ce jour-là ! Ah ! que plutôt je parte et que je disparaisse du monde des humains avant que la tache d'un pareil malheur soit venue souiller mon front !

LE CORYPHÉE : Tout cela, je l'avoue, m'inquiète, seigneur. Mais tant que tu n'as pas entendu le témoin, conserve bon espoir.

ŒDIPE : Oui, mon espoir est là : attendre ici cet homme, ce berger — rien de plus.

JOCASTE : Mais pourquoi tel désir de le voir apparaître ?

ŒDIPE : Pourquoi ? Voici pourquoi : que nous le retrouvions disant ce que tu dis, et je suis hors de cause.

JOCASTE : Et quels mots si frappants ai-je donc pu te dire ?

ŒDIPE : C'étaient des brigands, disais-tu, qui avaient, selon lui, tué Laïos. Qu'il répète donc ce pluriel, et ce n'est plus moi l'assassin : un homme seul ne fait pas une foule. Au contraire, s'il parle d'un homme, d'un voyageur isolé, voilà le crime qui retombe clairement sur mes épaules.

JOCASTE : Mais non, c'est cela, sache-le, c'est cela qu'il a proclamé ; il n'a plus le moyen de le démentir : c'est la ville entière, ce n'est pas moi seule qui l'ai entendu. Et, en tout cas, même si d'aventure il déviait de son ancien propos, il ne prouverait pas pour cela, seigneur, que son récit du meurtre est cette fois le vrai, puisque aussi bien ce Laïos devait, d'après Apollon, périr sous le bras de mon fils, et qu'en fait ce n'est pas ce malheureux fils qui a pu lui donner la mort, attendu qu'il est mort lui-même le premier. De sorte que désormais, en matière de prophéties, je ne tiendrai pas plus de compte de ceci que de cela.

ŒDIPE : Tu as raison ; mais, malgré tout, envoie quelqu'un qui nous ramène ce valet. N'y manque pas.

JOCASTE : J'envoie à l'instant même. Mais rentrons chez nous. Il n'est rien qui te plaise, que je ne sois, moi, prête à faire.

(Ils rentrent ensemble dans le palais.)

DEUXIÈME STASIMON :
chant du chœur

Modéré.

LE CHŒUR : *Ah ! fasse le Destin que toujours je conserve la sainte pureté dans tous mes mots, dans tous mes actes. Les lois qui leur commandent.*

siègent dans les hauteurs : elles sont nées dans le céleste éther, et l'Olympe

est leur seul père ; aucun être mortel ne leur donna le jour ;

jamais l'oubli ne les endormira : un dieu puissant est en elle, un dieu qui ne vieillit pas.

La démesure enfante le tyran. Lorsque la démesure s'est gavée follement, sans souci de l'heure ni de son intérêt,

et lorsqu'elle est montée au plus haut, sur le faîte, la voilà soudain qui s'abîme dans un précipice fatal,

où dès lors ses pieds brisés se refusent à la servir. Or, c'est la lutte glorieuse pour le salut de la cité qu'au contraire je demande à Dieu de ne voir jamais s'interrompre : Dieu est ma sauvegarde et le sera toujours.

Celui en revanche qui va son chemin, étalant son orgueil dans ses gestes et ses mots, sans crainte de la Justice, sans respect des temples divins, celui-là, je le voue à un sort douloureux, qui châtie son orgueil funeste,

du jour qu'il se révèle apte à ne rechercher que profits criminels, sans même reculer devant le sacrilège, à porter follement les mains sur ce qui est inviolable.

Est-il en pareil cas personne qui puisse se flatter d'écarter de son âme les traits de la colère ? Si ce sont de pareilles mœurs que l'on honore désormais, quel besoin ai-je vraiment de former ici des chœurs ?

Non, je n'irai plus vénérer le centre auguste de la terre, je n'irai plus aux sanctuaires ni d'Abae ni d'Olympie, si tous les humains ne sont pas d'accord pour flétrir de telles pratiques.

Ah ! Zeus souverain, puisque, si ton renom dit vrai, tu es maître de l'Univers, ne permets pas qu'elles échappent à tes regards, à ta puissance éternelle.

Ainsi donc on tient pour caducs et l'on prétend abolir les oracles rendus à l'antique Laïos ! Apollon se voit privé ouvertement de tout honneur. Le respect des dieux s'en va.

TROISIÈME ÉPISODE

(Jocaste sort du palais avec des servantes portant des fleurs et des vases à parfum.)

JOCASTE : Chefs de ce pays, l'idée m'est venue d'aller dans les temples des dieux leur porter de mes mains ces guirlandes, ces parfums. Œdipe laisse ses chagrins ébranler un peu trop son cœur. Il ne sait pas juger avec sang-froid du présent par le passé. Il appartient à qui lui parle, lorsqu'on lui parle de malheur. Puis donc que mes conseils n'obtiennent rien de lui, c'est vers toi que je me tourne, ô dieu lycien, Apollon, notre voisin. Je viens à toi en suppliante, porteuse de nos vœux. Fournis-nous un remède contre toute souillure. Nous nous inquiétons, à voir Œdipe en désarroi, alors qu'il tient dans ses mains la barre de notre vaisseau.

(Un Vieillard arrive par la gauche.)

LE CORINTHIEN : Étrangers, pourrais-je savoir où donc est le palais d'Œdipe, votre roi ? Ou, mieux encore, si vous savez où lui-même se trouve, dites-le-moi.

LE CORYPHÉE : Voici sa demeure, et tu l'y trouveras en personne, étranger. La femme que tu vois là est la mère de ses enfants.

LE CORINTHIEN : Qu'elle soit heureuse à jamais au milieu d'enfants heureux, puisqu'elle est pour Œdipe une épouse accomplie !

JOCASTE : Qu'il en soit de même pour toi, étranger : ta courtoisie vaut bien cela. Mais explique-moi ce pourquoi tu viens, ce dont tu dois nous informer.

LE CORINTHIEN : C'est un bonheur, pour ta maison, ô femme, comme pour ton époux.

JOCASTE : Que dis-tu ? Et d'abord de chez qui nous viens-tu ?

LE CORINTHIEN : J'arrive de Corinthe. La nouvelle que je t'apporte va sans doute te ravir — le contraire serait impossible — mais peut-être aussi t'affliger.

JOCASTE : Qu'est-ce donc ? et comment a-t-elle ce double pouvoir ?

LE CORINTHIEN : Les gens du pays, disait-on là-bas, institueraient Œdipe roi de l'Isthme.

JOCASTE : Quoi ! et le vieux Polybe ? n'est-il plus sur le trône ?

LE CORINTHIEN : Non, la mort le tient au tombeau.

JOCASTE : Que dis-tu là ? Polybe serait mort ?

LE CORINTHIEN : Que je meure moi-même, si je ne dis pas vrai !

JOCASTE : Esclave, rentre vite porter la nouvelle au maître. Ah ! oracles divins, où êtes-vous donc à cette heure ? Ainsi voilà un homme qu'Œdipe fuyait depuis des années, dans la terreur qu'il avait de le tuer, et cet homme aujourd'hui meurt frappé par le sort, et non pas par Œdipe !

(Œdipe sort du palais.)

ŒDIPE : Ô très chère femme, Jocaste que j'aime, pourquoi m'as-tu fait chercher dans le palais ?

JOCASTE : Écoute l'homme qui est là, et vois en l'écoutant ce que sont devenus ces oracles augustes d'un dieu.

ŒDIPE : Cet homme, qui est-il ? et qu'a-t-il à me dire ?

JOCASTE : Il vient de Corinthe et te fait savoir que Polybe n'est plus : la mort a frappé ton père.

ŒDIPE : Que dis-tu, étranger ? Explique-toi toi-même.

LE CORINTHIEN : S'il me faut tout d'abord te rendre un compte exact, sache bien qu'en effet Polybe a disparu.

ŒDIPE : Victime d'un complot ou d'une maladie ?

LE CORINTHIEN : Le moindre heurt suffit pour mettre un vieux par terre.

ŒDIPE : Le malheureux, si je t'en crois, serait donc mort de maladie ?

LE CORINTHIEN : Et des longues années aussi qu'il a vécues.

ŒDIPE : Ah ! femme, qui pourrait désormais recourir à Pythô, au foyer prophétique ? ou bien à ces oiseaux criaillant sur nos têtes ? D'après eux, je devais assassiner mon père : et voici mon père mort, enseveli dans le fond d'un tombeau, avant que ma main ait touché aucun fer !... à moins qu'il ne soit mort du regret de ne plus me voir ? ce n'est qu'en ce sens qu'il serait mort par moi. — Le fait certain, c'est qu'à cette heure Polybe est dans les Enfers avec tout ce bagage d'oracles sans valeur.

JOCASTE : N'était-ce donc pas là ce que je te disais depuis bien longtemps ?

ŒDIPE : Assurément, mais la peur m'égarait.

JOCASTE : Alors ne te mets plus rien en tête pour eux.

ŒDIPE : Et comment ne pas craindre la couche de ma mère ?

JOCASTE : Et qu'aurait donc à craindre un mortel, jouet du destin, qui ne peut rien prévoir de sûr ? Vivre au hasard, comme on le peut, c'est de beaucoup le mieux encore. Ne redoute pas l'hymen d'une mère : bien des mortels ont déjà dans leurs rêves partagé le lit maternel. Celui qui attache le moins d'importance à pareilles choses est aussi celui qui supporte le plus aisément la vie.

ŒDIPE : Tout cela serait fort bon, si ma mère n'était vivante. Mais tant qu'elle vit, tu auras beau parler, et bien parler, fatalement, moi, je dois craindre.

JOCASTE : C'est un immense allégement pourtant que de savoir ton père dans la tombe.

ŒDIPE : Immense, je le sens. Mais la vivante ne m'en fait pas moins peur.

LE CORINTHIEN : Mais quelle est donc, dis-moi, la femme qui vous cause une telle épouvante ?

ŒDIPE : C'est Mérope, vieillard, l'épouse de Polybe.

LE CORINTHIEN : Et d'où provient la peur qu'elle t'inspire ?

ŒDIPE : D'un oracle des dieux effroyable, étranger.

LE CORINTHIEN : Peux-tu le dire ? ou bien doit-il rester secret ?

ŒDIPE : Nullement. Loxias m'a déclaré jadis que je devais entrer dans le lit de ma mère et verser de mes mains le sang de mon père. C'est pourquoi depuis longtemps je m'étais fixé bien loin de Corinthe — pour mon bonheur, sans doute, bien qu'il soit doux de voir les yeux de ses parents.

LE CORINTHIEN : Et c'est cette crainte seule qui te tenait loin de ta ville ?

ŒDIPE : Je ne voulais pas être parricide, vieillard.

LE CORINTHIEN : Pourquoi ai-je donc tardé à t'en délivrer plus tôt, roi, puisque aussi bien j'arrive ici tout disposé à t'être utile ?

ŒDIPE : Ma foi ! tu en auras le prix que tu mérites.

LE CORINTHIEN : Ma foi ! c'est justement pourquoi je suis venu, pour que ton retour au pays me procure quelque avantage.

ŒDIPE : Non, ne compte pas que jamais je rejoigne mes parents.

LE CORINTHIEN : Ah ! comme on voit, mon fils, que tu ne sais pas quelle est ton erreur !

ŒDIPE : Que dis-tu, vieillard ? Au nom des dieux, éclaire-moi.

LE CORINTHIEN : Si ce sont là tes raisons pour renoncer à ton retour…

ŒDIPE : J'ai bien trop peur que Phœbos ne se révèle véridique.

LE CORINTHIEN : Tu crains une souillure auprès de tes parents ?

ŒDIPE : C'est bien là, vieillard, ce qui m'obsède.

LE CORINTHIEN : Alors tu ne sais pas que tu crains sans raison.

ŒDIPE : Comment est-ce possible, si je suis bien né d'eux ?

LE CORINTHIEN : Sache donc que Polybe ne t'est rien par le sang.

ŒDIPE : Quoi ! ce n'est pas Polybe qui m'aurait engendré ?

LE CORINTHIEN : Polybe ne t'a pas engendré plus que moi.

ŒDIPE : Quel rapport entre un père et toi qui ne m'es rien ?

LE CORINTHIEN : Pas plus lui que moi-même jamais ne fut ton père.

ŒDIPE : Et pourquoi donc alors me nommait-il son fils ?

LE CORINTHIEN : C'est qu'il t'avait reçu comme un don de mes mains.

ŒDIPE : Et pour l'enfant d'un autre il eut cette tendresse ?

LE CORINTHIEN : Les enfants lui avaient manqué un si long temps.

ŒDIPE : Tu m'avais acheté, ou rencontré, toi-même ?

LE CORINTHIEN : Oui, trouvé dans un val du Cithéron boisé.

ŒDIPE : Pourquoi voyageais-tu dans cette région ?

LE CORINTHIEN : Je gardais là des troupeaux transhumants.

ŒDIPE : Ah ! tu étais berger nomade, mercenaire…

LE CORINTHIEN : Mais qui sauva ta vie, mon fils, en ce temps-là !

ŒDIPE : Quel était donc mon mal, quand tu m'as recueilli en pareille détresse ?

LE CORINTHIEN : Tes pieds pourraient sans doute en témoigner encore.

ŒDIPE : Ah ! pourquoi rappeler mon ancienne misère ?

LE CORINTHIEN : C'est moi qui dégageai tes deux pieds transpercés.

ŒDIPE : Dieux ! quelle étrange honte autour de mon berceau !

LE CORINTHIEN : Tu lui as dû un nom tiré de l'aventure.

ŒDIPE : Mais cela, qui l'avait voulu ? Mon père ? ma mère ? par les dieux, dis-le.

LE CORINTHIEN : Je ne sais ; mais celui qui te mit en mes mains sait cela mieux que moi.

ŒDIPE : Ce n'est donc pas toi qui m'avais trouvé ? Tu me tenais d'un autre ?

LE CORINTHIEN : Oui, un autre berger t'avait remis à moi.

ŒDIPE : Qui est-ce ? le peux-tu désigner clairement ?

LE CORINTHIEN : Il était sans nul doute des gens de Laïos.

ŒDIPE : Du prince qui régnait sur ce pays jadis ?

LE CORINTHIEN : Parfaitement, c'était un berger de ce roi.

ŒDIPE : Est-il vivant encore, que je puisse le voir ?

LE CORINTHIEN : C'est vous, gens du pays, qui le sauriez le mieux.

ŒDIPE, *au Chœur* : Parmi ceux qui sont là est-il quelqu'un qui sache quel est le berger dont parle cet homme, s'il habite aux champs, si on l'a vu ici ? Parlez donc franchement : le moment est venu de découvrir enfin le mot de cette affaire.

LE CORYPHÉE : Je crois bien qu'il n'est autre que le berger fixé à la campagne que tu désirais voir. Mais Jocaste est là : personne ne pourrait nous renseigner mieux qu'elle.

ŒDIPE : Tu sais, femme : l'homme que tout à l'heure nous désirions voir et celui dont il parle…

JOCASTE : Et n'importe de qui il parle ! N'en aie nul souci. De tout ce qu'on t'a dit, va, ne conserve même aucun souvenir. À quoi bon !

ŒDIPE : Impossible. J'ai déjà saisi trop d'indices pour renoncer désormais à éclaircir mon origine.

JOCASTE : Non, par les dieux ! Si tu tiens à la vie, non, n'y songe plus. C'est assez que je souffre, moi.

ŒDIPE : Ne crains donc rien. Va, quand je me révélerais et fils et petit-fils d'esclaves, tu ne serais pas, toi, une vilaine pour cela.

JOCASTE : Arrête-toi pourtant, crois-moi, je t'en conjure.

ŒDIPE : Je ne te croirai pas, je veux savoir le vrai.

JOCASTE : Je sais ce que je dis. Va, mon avis est bon.

ŒDIPE : Eh bien ! tes bons avis m'exaspèrent à la fin.

JOCASTE : Ah ! puisses-tu jamais n'apprendre qui tu es !

ŒDIPE : N'ira-t-on pas enfin me chercher ce bouvier ? Laissons-la se vanter de son riche lignage.

JOCASTE : Malheureux ! malheureux ! oui, c'est là le seul nom dont je peux t'appeler. Tu n'en auras jamais un autre de ma bouche.

(Elle rentre, éperdue, dans le palais.)

LE CORYPHÉE : Pourquoi sort-elle ainsi, Œdipe ? On dirait qu'elle a sursauté sous une douleur atroce. Je crains qu'après un tel silence n'éclate quelque grand malheur.

ŒDIPE : Eh ! qu'éclatent donc tous les malheurs qui voudront ! Mais mon origine, si humble soit-elle, j'entends, moi, la saisir. Dans son orgueil de femme, elle rougit sans doute de mon obscurité : je me tiens, moi, pour fils de la Fortune, Fortune la Généreuse, et n'en éprouve point de honte. C'est Fortune qui fut ma mère, et les années qui ont accompagné ma vie m'ont fait tour à tour et petit et grand. Voilà mon origine, rien ne peut la changer : pourquoi renoncerais-je à savoir de qui je suis né ?

(Le Chœur entoure Œdipe et cherche à le distraire de son angoisse.)

TROISIÈME STASIMON : chant du chœur

Soutenu.

LE CHŒUR : *Si je suis bon prophète, si mes lumières me révèlent le vrai, oui, par l'Olympe, je le jure, dès demain, à la pleine lune, tu t'entendras glorifier comme étant, ô Cithéron, le compatriote d'Œdipe,*

son nourricier, son père ; et nos chœurs te célébreront pour les faveurs que tu fis à nos rois. Et puisses-tu aussi Phœbos, toi qu'on invoque avec des cris aigus, avoir ces chants pour agréables !

Qui donc, enfant, qui donc t'a mis au monde ? Parmi les Nymphes aux longs jours, quelle est donc celle qui aima et qui rendit père Pan, le dieu qui court par les monts ? Ou bien serait-ce une amante de Loxias ? Il se plaît à hanter tous les plateaux sauvages.

Ou bien s'agirait-il du maître du Cyllène ? Ou du divin Bacchos, l'habitant des hauts sommets, qui t'aurait reçu comme fils des mains d'une des Nymphes avec qui si souvent il s'ébat sur l'Hélicon ?

QUATRIÈME ÉPISODE

(Par la gauche entrent deux esclaves conduisant un vieux berger.)

ŒDIPE : Pour autant que je puisse ici le supposer, sans l'avoir rencontré encore, ce berger, vieillards, m'a l'air d'être celui que j'attends depuis un moment. Son grand âge s'accorde à celui de cet homme. D'ailleurs, dans ceux qui le conduisent, je reconnais des gens à moi. Mais ton savoir l'emporte sur le mien sans doute, puisque tu l'as vu toi-même jadis.

LE CORYPHÉE : Oui, sache-le bien, je le reconnais. Il était chez Laïos tenu pour un berger fidèle entre tous.

ŒDIPE : C'est à toi d'abord que je m'adresse, à toi, le Corinthien. Est-ce là l'homme dont tu parles ?

LE CORINTHIEN : C'est celui-là même ; tu l'as devant toi.

ŒDIPE : Ça, vieillard, à ton tour ! Approche et, les yeux dans mes yeux, réponds à mes demandes. Tu étais bien à Laïos ?

LE SERVITEUR : Oui, esclave non acheté, mais né au palais du roi.

ŒDIPE : Attaché à quelle besogne ? Menant quelle sorte de vie ?

LE SERVITEUR : Je faisais paître les troupeaux la plus grande partie du temps.

ŒDIPE : Et dans quelles régions séjournais-tu de préférence ?

LE SERVITEUR : Dans la région du Cithéron, ou dans les régions voisines.

ŒDIPE : Et là, te souviens-tu d'avoir connu cet homme ?

LE SERVITEUR : Mais qu'y faisait-il ? de qui parles-tu ?

ŒDIPE : De celui qui est là. L'as-tu pas rencontré ?

LE SERVITEUR : Pas assez pour que ma mémoire me laisse répondre si vite.

LE CORINTHIEN : Rien d'étonnant à cela, maître. Mais je vais nettement, puisqu'il ne me reconnaît pas, réveiller, moi, ses souvenirs. Je suis bien sûr qu'il se souvient du temps où, sur le Cithéron, lui avec deux troupeaux, et moi avec un, nous avons tous les deux vécu côte à côte, à trois reprises, pendant six mois, du début du printemps au lever de l'Arcture[1]. L'hiver venu, nous ramenions nos bêtes, moi dans ma bergerie, lui aux étables de son maître. Oui ou non, dis-je vrai ?

LE SERVITEUR : Vrai. Mais il s'agit là de choses bien anciennes.

LE CORINTHIEN : Et maintenant, dis-moi. En ce temps-là, te souviens-tu de m'avoir remis un enfant, afin que je l'élève comme s'il était mien ?

LE SERVITEUR : Que dis-tu ? Où veux-tu en venir ?

---

1. Équinoxe d'automne.

LE CORINTHIEN : Le voilà, mon ami, cet enfant d'autrefois !

LE SERVITEUR, *levant son bâton* : Malheur à toi ! veux-tu te taire !

ŒDIPE : Eh là, vieux, pas de coups ! Ce sont bien tes propos qui méritent des coups, beaucoup plus que les siens.

LE SERVITEUR : Mais quelle est donc ma faute, ô le meilleur des maîtres ?

ŒDIPE : Tu ne nous as rien dit de l'enfant dont il parle.

LE SERVITEUR : Il parle sans savoir, il s'agite pour rien.

ŒDIPE : Si tu ne veux pas parler de bon gré, tu parleras de force et il t'en cuira.

LE SERVITEUR : Ah ! je t'en supplie, par les dieux, ne maltraite pas un vieillard.

ŒDIPE : Vite, qu'on lui attache les mains dans le dos !

LE SERVITEUR : Hélas ! pourquoi donc ? que veux-tu savoir ?

ŒDIPE : C'est toi qui lui as remis l'enfant dont il nous parle ?

LE SERVITEUR : C'est moi. J'aurais bien dû mourir le même jour.

ŒDIPE : Refuse de parler, et c'est ce qui t'attend.

LE SERVITEUR : Si je parle, ma mort est bien plus sûre encore.

ŒDIPE : Cet homme m'a tout l'air de chercher des délais.

LE SERVITEUR : Non, je l'ai dit déjà : c'est moi qui le remis.

ŒDIPE : De qui le tenais-tu ? De toi-même ou d'un autre ?

LE SERVITEUR : Il n'était pas à moi. Je le tenais d'un autre.

ŒDIPE : De qui ? de quel foyer de Thèbes sortait-il ?

LE SERVITEUR : Non, maître, au nom des dieux, n'en demande pas plus.

ŒDIPE : Tu es mort, si je dois répéter ma demande.

LE SERVITEUR : Il était né chez Laïos.

ŒDIPE : Esclave ?... Ou parent du roi ?

LE SERVITEUR : Hélas ! j'en suis au plus cruel à dire.

ŒDIPE : Et pour moi à entendre. Pourtant je l'entendrai.

LE SERVITEUR : Il passait pour son fils... Mais ta femme, au palais, peut bien mieux que personne te dire ce qui est.

ŒDIPE : C'est elle qui te l'avait remis ?

LE SERVITEUR : C'est elle, seigneur.

ŒDIPE : Dans quelle intention ?

LE SERVITEUR : Pour que je le tue.

ŒDIPE : Une mère !... La pauvre femme !

LE SERVITEUR : Elle avait peur d'un oracle des dieux.

ŒDIPE : Qu'annonçait-il ?

LE SERVITEUR : Qu'un jour, prétendait-on, il tuerait ses parents.

ŒDIPE : Mais pourquoi l'avoir, toi, remis à ce vieillard ?

LE SERVITEUR : J'eus pitié de lui, maître. Je crus, moi, qu'il l'emporterait au pays d'où il arrivait. Il t'a sauvé la vie, mais pour les pires maux ! Si tu es vraiment celui dont il parle, sache que tu es né marqué par le malheur.

ŒDIPE : Hélas, hélas ! ainsi tout à la fin serait vrai ! Ah ! lumière du jour, que je te voie ici pour la dernière fois, puisque aujourd'hui, je me révèle le fils de qui je ne devais pas naître, l'époux de qui je ne devais pas l'être, le meurtrier de qui je ne devais pas tuer !

(Il se rue dans le palais.)

QUATRIÈME STASIMON :
chant du chœur

Modéré.

LE CHŒUR : *Pauvres générations humaines, je ne vois en vous qu'un néant !*

Quel est, quel est donc l'homme qui obtient plus de bonheur qu'il en faut pour paraître heureux, puis, cette apparence donnée, disparaître de l'horizon ?

Ayant ton sort pour exemple, ton sort à toi, ô malheureux Œdipe, je ne puis plus juger heureux qui que ce soit parmi les hommes.

Il avait visé au plus haut. Il s'était rendu maître d'une fortune et d'un bonheur complets.

Il avait détruit, ô Zeus, la devineresse aux serres aiguës. Il s'était dressé devant notre ville comme un rempart contre la mort.

Et c'est ainsi, Œdipe, que tu avais été proclamé notre roi, que tu avais reçu les honneurs les plus hauts, que tu régnais sur la puissante Thèbes.

Plus vif.

Et maintenant qui pourrait être dit plus malheureux que toi ? Qui a subi désastres, misères plus atroces, dans un pareil revirement ?

Ah ! noble et cher Œdipe ! Ainsi la chambre nuptiale a vu le fils après le père entrer au même port terrible !

Comment, comment le champ labouré par ton père a-t-il pu si longtemps, sans révolte, te supporter, ô malheureux ?

Le temps, qui voit tout, malgré toi l'a découvert. Il condamne l'hymen, qui n'a rien d'un hymen, d'où naissaient à la fois et depuis tant de jours un père et des enfants.

Ah ! fils de Laïos ! que j'aurais donc voulu ne jamais, ne jamais te connaître ! Je me désole, et des cris éperdus

s'échappent de ma bouche. Il faut dire la vérité : par toi jadis j'ai recouvré la vie, et par toi aujourd'hui je ferme à jamais les yeux !

CINQUIÈME ÉPISODE ET EXODOS : sortie du chœur

(Un esclave sort du palais.)

LE MESSAGER : Ô vous que ce pays a de tout temps entre tous honorés, qu'allez-vous donc ouïr et qu'allez-vous voir ? Quel chant de deuil devrez-vous faire entendre si, fidèles à votre sang, vous vous intéressez encore à la maison des Labdacides ? Ni l'Ister ni le Phase[1] ne seraient capables, je crois, de laver les souillures que cache ce palais, et dont il va bientôt révéler une part — souillures voulues, non involontaires ; mais, parmi les malheurs, les plus affligeants ne sont-ils pas ceux justement qui sont nés d'un libre choix ?

LE CORYPHÉE : Ce que nous savions nous donnait déjà matière à gémir : qu'y viens-tu ajouter encore ?

LE MESSAGER : Un mot suffit, aussi court à dire qu'à entendre : notre noble Jocaste est morte.

LE CORYPHÉE : La malheureuse ! Et qui causa sa mort ?

LE MESSAGER : Elle-même. Mais le plus douloureux de tout cela t'échappe : le spectacle du moins t'en aura été épargné. Malgré tout, dans la mesure où le permettra ma mémoire, tu vas savoir ce qu'a souffert l'infortunée. À peine a-t-elle franchi le vestibule que, furieuse, elle court vers le lit nuptial, en s'arrachant à deux mains les cheveux. Elle entre et violemment ferme la porte derrière elle. Elle appelle alors Laïos, déjà mort depuis tant d'années ; elle évoque « les enfants que jadis il lui donna et par qui il périt lui-même, pour laisser la mère à son tour donner à ses propres fils une sinistre descendance ». Elle gémit sur la couche « où,

1. Il s'agit de deux fleuves, le premier est aujourd'hui le Danube et le second le Rion qui prend sa source dans le Caucase.

misérable, elle enfanta un époux de son époux et des enfants de ses enfants » ! Comment elle périt ensuite, je l'ignore, car à ce moment Œdipe, hurlant, tombe au milieu de nous, nous empêchant d'assister à sa fin : nous ne pouvons plus regarder que lui. Il fait le tour de notre groupe ; il va, il vient, nous suppliant de lui fournir une arme, nous demandant où il pourra trouver « l'épouse qui n'est pas son épouse, mais qui fut un champ maternel à la fois pour lui et pour ses enfants ». Sur quoi un dieu sans doute dirige sa fureur, car ce n'est certes aucun de ceux qui l'entouraient avec moi. Subitement, il poussa un cri terrible et, comme mené par un guide, le voilà qui se précipite sur les deux vantaux de la porte, fait fléchir le verrou qui saute de la gâche, se rue enfin au milieu de la pièce… La femme est pendue ! Elle est là, devant nous, étranglée par le nœud qui se balance au toit… Le malheureux à ce spectacle pousse un gémissement affreux. Il détache la corde qui pend, et le pauvre corps tombe à terre… C'est un spectacle alors atroce à voir. Arrachant les agrafes d'or qui servaient à draper ses vêtements sur elle, il les lève en l'air et il se met à en frapper ses deux yeux dans leurs orbites. « Ainsi ne verront-ils plus, dit-il, ni le mal que j'ai subi, ni celui que j'ai causé ; ainsi les ténèbres leur défendront-elles de voir désormais ceux que je n'eusse pas dû voir, et de connaître ceux que, malgré tout, j'eusse voulu connaître ! » Et tout en clamant ces mots, sans répit, les bras levés, il se frappait les yeux, et leurs globes en sang coulaient sur sa barbe. Ce n'était pas un suintement de gouttes rouges, mais une noire averse de grêle et de sang, inondant son visage !… Le désastre a éclaté, non par sa seule faute, mais par le fait de tous deux à la fois : c'est le commun désastre de la femme et de l'homme. Leur bonheur d'autrefois était hier encore un bonheur au sens vrai du mot : aujourd'hui, au contraire, sanglots, désastre, mort et ignominie, toute tristesse ayant un nom se rencontre ici désormais ; pas une qui manque à l'appel !

LE CORYPHÉE : Et, à présent, le misérable jouit-il de quelque relâche à sa peine ?

LE MESSAGER : Il demande à grands cris « qu'on ouvre les portes et qu'on fasse voir à tous les Cadméens celui qui tua son père et qui fit de sa mère… » — ses mots sont trop ignobles, je ne puis les redire. Il parle « en homme qui s'apprête à s'exiler lui-même du pays, qui ne peut plus y demeurer, puisqu'il se trouve sous le coup de sa propre imprécation ». Pourtant, il a besoin d'un appui étranger, il a besoin d'un guide. Le coup qui l'a frappé est trop lourd à porter. Tu vas en juger par toi-même. On pousse justement le verrou de sa porte. Tu vas contempler un spectacle qui apitoierait même un ennemi.

(Œdipe apparaît, la face sanglante, cherchant sa route à tâtons.)

Mélodrame.

LE CORYPHÉE : Ô disgrâce effroyable à voir pour des mortels — oui, la plus effroyable que j'aie jamais croisée sur mon chemin ! Quelle démence, infortuné, s'est donc abattue sur toi ? Quel Immortel a fait sur ta triste fortune un bond plus puissant qu'on n'en fit jamais ?

Ah ! malheureux ! non, je ne puis te regarder en face. Et cependant je voudrais tant t'interroger, te questionner, t'examiner… Mais tu m'inspires trop d'effroi !

ŒDIPE : Hélas ! hélas ! malheureux que je suis ! Où m'emportent mes pas, misérable ? où s'envole ma voix, en s'égarant dans l'air ? Ah ! mon destin, où as-tu été te précipiter ?

LE CORYPHÉE : Dans un désastre, hélas ! effrayant à voir autant qu'à entendre.

Agité.

ŒDIPE : *Ah ! nuage de ténèbres ! nuage abominable, qui t'étends sur moi, immense, irrésistible, écrasant !*

Ah ! comme je sens pénétrer en moi tout ensemble et l'aiguillon de mes blessures et le souvenir de mes maux.

LE CORYPHÉE : Nul assurément ne sera surpris qu'au milieu de telles épreuves tu aies double deuil, double douleur à porter.

ŒDIPE : *Ah ! mon ami, tu restes donc encore, toi seul, à mes côtés ? Tu consens donc encore à soigner un aveugle ?*

Ah ! ce n'est pas un leurre : du fond de mes ténèbres, très nettement, je reconnais ta voix.

LE CORYPHÉE : Oh ! qu'as-tu fait ? Comment as-tu donc pu détruire tes prunelles ? Quel dieu poussa ton bras ?

ŒDIPE : *Apollon, mes amis ! oui, c'est Apollon qui m'inflige à cette heure ces atroces, ces atroces disgrâces qui sont mon lot, mon lot désormais. Mais aucune autre main n'a frappé que la mienne, la mienne, malheureux !*

Que pouvais-je encore voir dont la vue pour moi eût quelque douceur ?

LE CHŒUR : *Las ! il n'est que trop vrai !*

ŒDIPE : *Oui, que pouvais-je voir qui me pût satisfaire ? Est-il un appel encore que je puisse entendre avec joie ?*

Ah ! emmenez-moi loin de ces lieux bien vite ! emmenez, mes amis, l'exécrable fléau, le maudit entre les maudits, l'homme qui parmi les hommes est le plus abhorré des dieux !

LE CORYPHÉE : Ton âme te torture autant que ton malheur. Comme j'aurais voulu que tu n'eusses rien su !

ŒDIPE : *Ah ! quel qu'il fût, maudit soit l'homme qui, sur l'herbe d'un pâturage, me prit par ma cruelle entrave, me sauva de la mort, me rendit à la vie ! Il ne fit rien là qui dût me servir.*

Si j'étais mort à ce moment, ni pour moi ni pour les miens je ne fusse devenu l'affreux chagrin que je suis aujourd'hui.

LE CHŒUR: *Moi aussi, c'eût été mon vœu.*

ŒDIPE: *Je n'eusse pas été l'assassin de mon père ni aux yeux de tous les mortels l'époux de celle à qui je dois le jour;*

tandis qu'à cette heure, je suis un sacrilège, fils de parents impies, qui a lui-même des enfants de la mère dont il est né! S'il existe un malheur au-delà du malheur, c'est là, c'est là, le lot d'Œdipe!

LE CORYPHÉE: Je ne sais vraiment comment justifier ta résolution. Mieux valait pour toi ne plus vivre que vivre aveugle à jamais.

ŒDIPE: Ah! ne me dis pas que ce que j'ai fait n'était pas le mieux que je pusse faire! Épargne-moi et leçons et conseils!... Et de quels yeux, descendu aux Enfers, eussé-je pu, si j'y voyais, regarder mon père et ma pauvre mère, alors que j'ai sur tous les deux commis des forfaits plus atroces que ceux pour lesquels on se pend? Est-ce la vue de mes enfants qui aurait pu m'être agréable? — des enfants nés comme ceux-ci sont nés! Mes yeux, à moi, du moins ne les reverront pas, non plus que cette ville, ces murs, ces images sacrées de nos dieux, dont je me suis exclu moi-même, infortuné, moi, le plus glorieux des enfants de Thèbes, le jour où j'ai donné l'ordre formel à tous de repousser le sacrilège, celui que les dieux mêmes ont révélé impur, l'enfant de Laïos! Et après avoir de la sorte dénoncé ma propre souillure, j'aurais pu les voir sans baisser les yeux? Non, non! Si même il m'était possible de barrer au flot des sons la route de mes oreilles, rien ne m'empêcherait alors de verrouiller mon pauvre corps, en le rendant aveugle et sourd tout à la fois. Il est si doux à l'âme de vivre hors de ses maux!... Ah! Cithéron, pourquoi donc m'as-tu recueilli?

Que ne m'as-tu plutôt saisi et tué sur l'heure ! Je n'eusse pas ainsi dévoilé aux humains de qui j'étais sorti... Ô Polybe, ô Corinthe, et toi, palais antique, toi qu'on disait le palais de mon père, sous tous ces beaux dehors, quel chancre malfaisant vous nourrissiez en moi ! J'apparais aujourd'hui ce que je suis en fait : un criminel, issu de criminels... Ô double chemin ! val caché ! bois de chênes ! ô étroit carrefour où se joignent deux routes ! vous qui avez bu le sang de mon père versé par mes mains, avez-vous oublié les crimes que j'ai consommés sous vos yeux, et ceux que j'ai plus tard commis ici encore ? Hymen, hymen à qui je dois le jour, qui, après m'avoir enfanté, as une fois de plus fait lever la même semence et qui, de la sorte, as montré au monde des pères, frères, enfants, tous de même sang ! des épousées à la fois femmes et mères — les pires hontes des mortels... Non, non ! Il est des choses qu'il n'est pas moins honteux d'évoquer que de faire. Vite, au nom des dieux, vite, cachez-moi quelque part, loin d'ici ; tuez-moi, jetez-moi à la mer ou en des lieux du moins où l'on ne me voie plus... Venez, daignez toucher un malheureux. Ah ! croyez-moi, n'ayez pas peur : mes maux à moi, il n'est point d'autre mortel qui soit fait pour les porter.

LE CORYPHÉE : Mais, pour répondre à tes demandes, Créon arrive à propos. Il est désigné pour agir autant que pour te conseiller, puisqu'il reste seul à veiller à ta place sur notre pays.

(Entre Créon.)

ŒDIPE : Las ! que dois-je lui dire ? Quelle confiance puis-je donc normalement lui inspirer ? Ne me suis-je pas naguère montré en tout cruel à son endroit ?

CRÉON : Je ne viens point ici pour te railler, Œdipe ; moins encore pour te reprocher tes insultes de naguère.

Mais vous autres, si vous n'avez plus de respect pour la race des humains, respectez tout au moins le feu qui nourrit ce monde ; rougissez d'exposer sans voile à ses rayons un être aussi souillé, que ne sauraient admettre ni la terre, ni l'eau sainte, ni la lumière du jour. Allez, renvoyez-le au plus vite chez lui. C'est aux parents seuls que la pitié laisse le soin de voir et d'écouter des parents en peine.

ŒDIPE : Au nom des dieux, puisque tu m'as tiré de crainte, en venant, toi, ô le meilleur des hommes, vers le plus méchant des méchants, écoute-moi. Je veux te parler dans ton intérêt, et non dans le mien.

CRÉON : Et quelle est la requête pour laquelle tu me presses ainsi ?

ŒDIPE : Jette-moi hors de ce pays, et au plus tôt, dans des lieux où personne ne m'adresse plus la parole.

CRÉON : Je l'eusse fait, sois-en bien sûr, si je n'avais voulu savoir d'abord du dieu où était mon devoir.

ŒDIPE : Mais le dieu a déjà publié sa sentence : pour l'assassin, pour l'impie que je suis, c'est la mort.

CRÉON : Ce sont bien ses paroles ; mais, dans la détresse où nous sommes, mieux vaut pourtant nous assurer de ce qui est notre devoir.

ŒDIPE : Eh quoi ! pour un malheureux vous iriez consulter encore ?

CRÉON : C'est justement pour que toi-même tu en croies cette fois le dieu.

ŒDIPE : Je l'en crois ; et, à mon tour, je t'adresse mes derniers vœux. À celle qui est là, au fond de ce palais, va, fais les funérailles que tu désireras : il est bien dans ton rôle de t'occuper des tiens. Mais pour moi, tant que je vivrai, que jamais cette ville, la ville de mes pères, ne me soit donnée pour séjour ! Laisse-moi bien plutôt habiter les montagnes, ce Cithéron qu'on dit mon lot. Mon père et ma mère, de leur vivant même, l'avaient désigné pour être ma tombe : je mourrai donc ainsi par ceux-là qui voulaient ma mort. Et pourtant, je le sais, ni la maladie ni rien d'autre au monde ne peuvent me détruire : aurais-je été sauvé à l'heure où je mourais, si ce n'avait été pour quelque affreux malheur ? N'importe : que mon destin, à moi, suive sa route ! Mais j'ai mes enfants... De mes fils, Créon, ne prends pas souci. Ce sont des hommes : où qu'ils soient, ils ne manqueront pas de pain. Mais de mes pauvres et pitoyables filles, sans qui jamais on ne voyait dressée la table où je mangeais, et qui toujours avaient leur part de tous les plats que je goûtais, de celles-là je t'en supplie, prends soin !... Et surtout, laisse-moi les palper de mes mains, tout en pleurant sur nos misères. Ah ! prince, noble et généreux prince, si mes mains les touchaient seulement, je croirais encore les avoir à moi, tout comme au temps où j'y voyais... Mais que dis-je ? Ô dieux ! n'entends-je pas ici mes deux filles qui pleurent ? Créon, pris de pitié, m'aurait-il envoyé ce que j'ai de plus cher, mes deux enfants ? Dis-je vrai ?

(Antigone et Ismène sortent du gynécée, conduites par une esclave.)

CRÉON : Vrai. C'est bien moi qui t'ai ménagé cette joie, dont je savais que la pensée depuis un moment t'obsédait.

ŒDIPE : Le bonheur soit donc avec toi ! et, pour te payer de cette venue, puisse un dieu te sauvegarder, et mieux qu'il n'a fait moi-même ! — Ô mes enfants, où donc êtes-vous ? venez, venez vers ces mains fraternelles, qui ont fait ce que vous voyez de ces yeux tout pleins de lumière du père dont vous êtes nées ! ce père, mes enfants qui, sans avoir rien vu, rien su, s'est révélé soudain comme vous ayant engendrées dans le sein où lui-même avait été formé !... Sur vous aussi, je pleure — puisque je ne suis plus en état de vous voir —

je pleure, quand je songe combien sera amère votre vie à venir et quel sort vous feront les gens. À quelles assemblées de votre cité, à quelles fêtes pourrez-vous bien aller, sans retourner chez vous en larmes, frustrées du spectacle attendu ? Et, quand vous atteindrez l'heure du mariage, qui voudra, qui osera se charger de tous ces opprobres faits pour ruiner votre existence, comme ils ont fait pour mes propres parents ? Est-il un crime qui y manque ? Votre père a tué son père ; il a fécondé le sein d'où lui-même était sorti ; il vous a eues de celle même dont il était déjà issu : voilà les hontes qu'on vous reprochera ! Qui, dès lors, vous épousera ? Personne, ô mes enfants, et sans doute, vous faudra-t-il vous consumer alors dans la stérilité et dans la solitude. Ô fils de Ménécée, puisque tu restes seul pour leur servir de père — nous, leur père et leur mère, sommes morts tous les deux — ne laisse pas des filles de ton sang errer sans époux, mendiant leur pain. Ne fais point leur malheur égal à mon malheur. Prends pitié d'elles, en les voyant si jeunes, abandonnées de tous, si tu n'interviens pas. Donne-m'en ta parole, prince généreux, en me touchant la main… *(Créon lui donne la main.)* Ah ! que de conseils, mes enfants, si vous étiez d'âge à comprendre j'aurais encore à vous donner ! Pour l'instant, croyez-moi, demandez seulement aux dieux, où que le sort vous permette de vivre, d'y trouver une vie meilleure que celle du père dont vous êtes nées.

CRÉON : Tu as assez pleuré, rentre dans la maison.

ŒDIPE : Je ne puis qu'obéir, même s'il m'en coûte.

CRÉON : Ce qu'on fait quand il faut est toujours bien fait.

ŒDIPE : Sais-tu mes conditions pour m'éloigner d'ici ?

CRÉON : Dis-les-moi, et je les saurai.

ŒDIPE : Veille à me faire mener hors du pays.

CRÉON : La réponse appartient au dieu.

ŒDIPE : Mais je fais horreur aux dieux désormais.

CRÉON : Eh bien ! alors tu l'obtiendras sans doute.

ŒDIPE : Ainsi tu consens ?

CRÉON : Je n'ai pas l'habitude de parler contre ma pensée.

ŒDIPE : Emmène-moi donc tout de suite.

CRÉON : Viens alors, et laisse tes filles.

ŒDIPE : Non, pas elles ! non, ne me les enlève pas !

CRÉON : Ne prétends donc pas triompher toujours : tes triomphes n'ont pas accompagné ta vie.

(On ramène les fillettes dans le gynécée, tandis qu'on fait rentrer Œdipe par la grande porte du palais.)

LE CORYPHÉE : Regardez, habitants de Thèbes, ma patrie. Le voilà, cet Œdipe, cet expert en énigmes fameuses, qui était devenu le premier des humains. Personne dans sa ville ne pouvait contempler son destin sans envie. Aujourd'hui, dans quel flot d'effrayante misère est-il précipité ! C'est donc ce dernier jour qu'il faut, pour un mortel, toujours considérer. Gardons-nous d'appeler jamais un homme heureux, avant qu'il ait franchi le terme de sa vie sans avoir subi un chagrin.

Le mythe d'Œdipe

(anthologie)

SOPHOCLE

Œdipe à Colone (vers 406 avant J.-C.)

(in *Tragédies complètes*, trad. P. Mazon, « Folio classique »)

Œdipe à Colone *est la seconde tragédie de Sophocle consacrée à Œdipe, elle n'a pas été jouée du vivant de son auteur, mais quelques années après sa mort, sans doute vers 406 avant J.-C. Le vieil Œdipe est arrivé à Colone, dans les faubourgs d'Athènes, accompagné de sa fille Antigone et d'Ismène qui les a rejoints. Thésée a accepté de les accueillir, mais Créon s'est mis en quête du roi déchu : il a entendu parler de la nouvelle prophétie selon laquelle la terre qui accueillera la dépouille mortelle d'Œdipe sera comblée de bienfaits tandis que la cité qui l'aura chassé sera la proie du malheur. Il cherche donc à ramener Œdipe à Thèbes de force, n'hésitant pas à s'en prendre physiquement à Antigone, alors que son père aveugle et affaibli ne peut prendre sa défense. Thésée et ses hommes accourent aux cris d'Œdipe et prennent son parti, poussant Créon à se justifier de la violence qu'il vient d'exercer. Dans cette confrontation, Thésée s'impose en souverain juste et bon, respectueux des lois et de la parole donnée, tandis qu'Œdipe argumente pour prouver son innocence.*

THÉSÉE : Qu'est-ce que cet appel ? et qu'est-il arrivé ? quelle épouvante vous a donc fait arrêter le sacrifice que, devant son autel, j'offrais au dieu des mers, protecteur de

Colone ? Dites-moi — je veux tout savoir — pourquoi j'ai dû bondir ici plus vite que mes jambes ne l'eussent souhaité.

ŒDIPE : Ô très cher — je reconnais ta voix — je viens d'être traité d'une façon indigne par l'homme qui est là.

THÉSÉE : Traité, comment ? et qui t'a fait du mal ? dis-moi.

ŒDIPE : Ce Créon que tu vois se dispose à partir après m'avoir ravi mon seul bien, mes deux filles.

THÉSÉE : Que dis-tu ?

ŒDIPE : Tu sais exactement comme il m'a traité.

THÉSÉE : Qu'un de ceux qui me suivent aille vite aux autels et invite le peuple entier, soit à pied, soit à cheval, à laisser là le sacrifice et à courir, bride abattue, au point où débouchent et convergent les deux chemins qui s'offrent aux voyageurs. Il ne faut pas que ces filles dépassent l'endroit et que je devienne moi, vaincu par ses violences, la risée de cet étranger. Va, suis mon ordre sans retard. — Pour celui-là, si je cédais à la colère qu'il mérite, je ne le laisserais certainement pas sortir indemne de mes mains. Mais, en fait, s'il prétend importer ici des lois nouvelles, c'est suivant ces lois, et non d'autres, qu'il sera lui-même traité. Tu ne sortiras pas dès lors de ce pays avant de m'avoir ramené ces filles, avant de les avoir mises sous mes yeux. Tu as agi d'une façon indigne, indigne de moi, et de ceux dont tu sors, et de ton pays. Quoi ? tu entres dans un État qui pratique la justice, qui ne fait rien sans l'aveu de la loi ; et te voilà qui négliges ses chefs, qui te précipites pour emmener ce qui te plaît et qui te l'appropries de force. Tu parais t'être imaginé que ma ville était vide d'hommes, ou peuplée surtout d'esclaves, et que je comptais, moi, pour rien. Thèbes ne t'a pourtant pas élevé pour faire le mal : elle n'a pas coutume de nourrir des hommes dans la vilenie. Elle ne te ferait certes pas compliment, si elle apprenait que tu pilles ici à la fois mon bien et celui des dieux, en voulant emmener de force ces malheureux qui sont leurs suppliants. Je ne voudrais pas, pour ma part, quand même j'en aurais les meilleures raisons, pénétrer sur ta terre, sans l'aveu de son chef, quel qu'il fût; je ne voudrais en arracher, en emmener personne, et je saurais comment un étranger doit se comporter chez des citoyens; tandis que toi, tu déshonores ton pays, sans qu'il l'ait mérité en rien, et le nombre de tes années fait de toi tout ensemble un vieillard et un écervelé. Je te l'ai déjà dit, je te le répète: que l'on m'amène au plus vite ces filles, si tu ne veux pas devenir toi-même par force et contre ton gré un étranger fixé dans ce pays. Et cela, autant que ma bouche, c'est mon cœur qui te le dit.

LE CORYPHÉE: Tu vois à quoi tu as abouti, étranger. D'après ton origine, tu apparais comme un homme de bien, et tu te fais prendre à mal faire.

CRÉON: Non, je ne tiens pas ta ville pour vide d'hommes, fils d'Égée, et ce n'est pas en étourdi que j'ai agi ainsi que je l'ai fait; mais j'étais convaincu qu'aucun désir jaloux d'avoir des gens qui m'appartiennent ne pouvait venir en tête, pas plus que l'idée de vouloir les nourrir en dépit de moi. Je savais qu'elle n'admettrait ni un parricide, avec sa souillure, ni un homme dont l'hymen s'est révélé un inceste. Je n'étais pas sans savoir qu'il existe sur son sol un sage Conseil de l'Aréopage, qui interdit à de pareils vagabonds de résider en ce pays. Voilà de quoi je m'assurais, quand j'ai mis la main sur ce gibier-là. Et cela même, je ne l'eusse pas fait, s'il n'avait lancé des imprécations amères contre moi et toute ma race. Traité de cette sorte, je me suis cru en droit de le traiter de même. La colère ne vieillit pas, elle ne cède qu'à la mort: les morts seuls sont insensibles. J'ai dit. Tu feras ce que tu voudras. J'aurais beau fournir de bonnes raisons, l'isolement fait de moi le plus faible. À des actes pourtant, si vieux que je sois, j'essaierai de répondre de même façon.

ŒDIPE : Ah ! cœur obstiné dans son impudence, qui crois-tu donc insulter ? Le vieux que je suis ou toi-même ? dis-moi. Ta bouche déverse sur nous meurtres, mariages, malheurs de toute sorte, malheurs que j'ai subis, hélas ! bien malgré moi ; mais tel était le bon plaisir des dieux, qui en voulaient à ma race sans doute depuis bien longtemps ; car, en moi-même, tu ne saurais trouver nulle faute infamante qui dût me mériter de devenir l'auteur de celles que j'ai pu commettre à l'égard de moi et des miens.

Voyons, apprends-moi donc, lorsqu'une voix divine venait par des oracles annoncer à mon père qu'il périrait frappé par ses propres enfants, comment tu pourrais en bonne justice me reprocher cela, à moi, moi que n'avaient encore ni engendré mon père ni conçu ma mère, moi qui n'étais pas né ! Et si, par un malheur aussi éclatant que le fut le mien, j'en suis venu aux mains avec mon père et si je l'ai tué, sans avoir conscience de mon crime ni de ma victime, comment, d'un acte involontaire, pourrait-on raisonnablement me blâmer ? Et pour ma mère, malheureux, pour celle qui fut ta sœur, tu n'as donc point de vergogne que tu me forces à rappeler ce qu'a été son mariage, comme je vais le faire, et à l'instant même, car je n'entends pas demeurer muet, quand tu t'égares, toi, dans la voie des propos infâmes. Elle était ma mère — ma mère, hélas ! quelle pitié ! — et ni elle ni moi nous n'en savions rien ! Et c'est cette même mère qui m'a donné des enfants qui sont sa honte ! Mais il est une chose du moins que je sais bien : c'est que tu nous diffames ici, elle et moi, délibérément, tandis que moi, je l'ai épousée malgré moi, et c'est malgré moi encore que je parle ici de ces choses. Mais je ne veux pas non plus que l'on m'impute à crime ni ce mariage ni ce meurtre d'un père que tu me jettes à la tête sans cesse avec d'âpres outrages. Réponds donc seulement à une des questions que je veux te poser. Si en ce moment même on s'approchait de toi pour t'assassiner, sans que tu eusses rien à te reprocher, irais-tu t'informer si ton assassin est ton père, ou le punirais-tu sur l'heure ? Je crois pour ma part qu'à moins de détester la vie tu le punirais, et sans te demander si tu en avais le droit. Eh bien ! c'est exactement le malheur où j'ai été, moi, conduit par la main même des dieux ; et si l'âme de mon père se trouvait encore en vie, elle ne me démentirait pas. Mais toi, qui es sans conscience, toi, qui crois toujours parler à propos, qu'il s'agisse de choses à taire aussi bien que de choses à dire, voilà les infamies que tu nous viens lancer en présence de ces hommes !

Et tu crois à propos aussi de vanter le nom de Thésée et l'admirable façon dont se gouverne son pays ? Cependant, parmi tant d'éloges, il en est un que tu oublies : c'est que, s'il est une ville qui sache les égards que l'on doit aux dieux, c'est celle-ci avant toute autre ; et c'est à elle que tu prétends ensuite ravir le vieillard et le suppliant que je suis, en te saisissant de mes filles et de moi tout ensemble, pour les emmener bien tranquillement ! Eh bien donc, c'est là pourquoi à mon tour j'invoque les déesses maîtresses de ces lieux, je les implore, pourquoi je leur demande de venir à mes prières, en auxiliatrices et en alliées. Tu sauras de la sorte ce que valent les gens qui gardent cette terre.

SÉNÈQUE

Œdipe (Ier siècle après J.-C.)

(trad. F. Dupont, Imprimerie nationale, 1996)

Dans la version de Sénèque, imitée de Sophocle mais transposée dans la culture latine, Tirésias est un haruspice, un devin capable de lire dans les entrailles des animaux sacrifiés. Le double sacrifice du taureau blanc et de la génisse a seulement permis de lire dans des « prodiges épouvantables » le chaos et la confusion. Tirésias offre alors d'aller interroger les morts, de « desserrer les mâchoires du Styx ». Dans la tradition littéraire grecque, cet épisode est une nekuia. *Un des premiers modèles de cette visite des morts figure dans le chant XI de l'*Odyssée, *quand Ulysse vient consulter Tirésias aux Enfers pour connaître l'issue de son voyage de retour vers Ithaque. Après avoir accompli les sacrifices rituels, Tirésias se met à chanter bouche contre terre pour invoquer les morts, les entrailles de la terre commencent à gronder, le sol à se déchirer pour laisser apercevoir le peuple des ombres. C'est d'abord la mémoire mythique de Thèbes qui apparaît, tous les monstres qui appartiennent au passé de la ville se présentent devant Tirésias et Créon, depuis les frères guerriers nés des dents du dragon, jusqu'à Niobé dont l'amour excessif pour ses enfants a provoqué leur mort, en passant par Agavé, la reine qui, au cours d'un délire bachique, a déchiqueté son fils. Enfin, Tirésias et Créon reconnaissent la silhouette du roi Laïos. C'est Créon qui raconte à Œdipe, lequel n'a pas assisté à la cérémonie.*

Lui
Qu'on appelle et qu'on supplie
Que longuement on invoque
Lui
Enfin
Sort la tête
Il baisse les yeux
Il a honte et court se cacher loin à l'écart des autres
Le prêtre le rappelle
Le prêtre dit les mots du Styx
Le prêtre dit les mots suprêmes
Et inlassablement les redit
Pour qu'enfin il apparaisse à visage découvert
Pour qu'enfin il se dresse dans la lumière
Lui, Laïos

J'en tremble encore rien qu'en parlant
Il était là, affreux à voir
Le corps ruisselant de sang
Les cheveux collés par les caillots et la boue
La bouche déformée par la rage
Il hurlait
« Maison de Cadmos
Tu as la folie du sang
Maison de Cadmos
Tu as la passion de la mort
Ton rire jaillit au milieu des massacres
Tes fêtes de famille sont tes enterrements

Va toi gesticuler avec ton thyrse[1]
Ivre de ton dieu

---

1. Bâton orné de feuilles évoquant un sceptre.

Et déchire ton fils à pleines mains
C'est toujours mieux que de l'aimer
À Thèbes l'amour maternel est le crime suprême

Pays de mes ancêtres
Non ce n'est pas la colère des dieux qui déferle sur toi
C'est le crime d'un homme qui t'assassine
Non ce n'est pas le vent d'automne qui souffle ses fièvres mortelles
Ce ne sont pas les marigots desséchés qui exhalent leurs poisons
Non
C'est le roi aux mains rouges
C'est ton roi qui t'assassine
Il avait tué sauvagement, sans raison
Et maintenant il a le sceptre
Le sceptre de son père
Maintenant il a le lit
Le lit de son père
Tu fais un joli fils
Mais comme père tu es encore pire
Œdipe parricide incestueux je te hais
Tu es revenu peser sur le ventre de ta mère
Une seule fois ne te suffisait pas
Tu es revenu dans le ventre d'où tu étais sorti
Et tu as refait des enfants à ta mère
Enfants du désordre, enfants du scandale
Même les bêtes sauvages hésitent à en faire autant
Tu t'es fait des frères tout seul

Tu es un monstre
Un monstre plus compliqué
Une énigme plus tortueuse
Une devinette plus torturée
Que les chansons de ta Sphinge

Bien sûr c'est toi qui tiens le sceptre
Mais le sceptre est rouge comme tes mains
Ton père que personne n'a vengé
Ce père va te persécuter
Et avec toi il persécutera toute la ville

J'aurai pour m'aider
Notre Erinys[1]
Celle qui a béni nos deux mariages
Je l'aurai à mes côtés
Faisant claquer son fouet
Je renverserai ce palais de l'inceste
Je retournerai le foyer
Et je le piétinerai
Ce sera la guerre civile
La guerre sans merci

Vous faites vite
Chassez votre roi
Expulsez-le du territoire
Renvoyez le banni
Sur ses talons l'herbe repoussera
Un nouveau printemps renaîtra dans son dos
L'air sera pur
On respirera la vie
La beauté reverdira et les feuilles des forêts

Ce puissant personnage aura une belle escorte
Une suite digne de lui
Le Trépas et la Peste
La Douleur et l'Agonie

---

1. Déesse infernale qui protège l'ordre établi en persécutant les criminels.

La Gangrène et l'Ulcère
Partiront avec lui

Lui-même, vous verrez
Il voudra courir
S'évader au plus vite de notre terre
Mais je lui entraverai les pieds
Je l'enchaînerai
Il se traînera sans savoir où aller
Cherchant son chemin avec un bâton
Comme un vieillard abandonné des siens
Vous privez-le d'abord de sa terre
Et moi je lui prendrai le ciel
Je suis son père »

(Scène 5)

La dernière scène de la pièce met en présence Œdipe et Jocaste, un nouvel écart de Sénèque par rapport à son modèle grec. La fureur et la folie auxquelles la reine est en proie étouffent toute honte à venir se confronter à celui qui est à la fois son fils et son époux. Elle revient sur scène pour voir son fils, ce fils qui lui a été enlevé, qu'elle a cru mort et n'a pas connu, l'envisager au sens fort du terme, puisqu'il a bien une nouvelle apparence, un nouveau masque, sanglant, auquel la reine vient s'adresser.

ŒDIPE

Très bien
Tout est accompli
C'est fini
La justice est passée
Ma dette est payée, je suis libre
Mon père est satisfait

Ténèbres, délicieuses ténèbres
Enfin
Un dieu m'a doucement enveloppé de brouillard
Il m'a couvert d'un capuchon noir
Dieu de paix et de miséricorde
Dieu de pardon
J'ai échappé au jour et à l'évidence
J'ai échappé aux regards
Parricide ne te vante pas
Parricide ta main n'a rien fait
C'est la lumière qui s'est enfuie
La lumière a reculé devant toi
Œdipe tu as maintenant ton vrai visage

LE CHŒUR

Voici quelqu'un qui arrive en courant
Une femme qui se précipite
C'est Jocaste hors d'elle
Une vraie femme de Thèbes
Une de ces folles
Une inspirée
Une qui a déchiqueté la tête de son fils[1]
Et regarde horrifiée son trophée
Elle voit
Elle comprend

Face à sa désolation
Elle va pour lui parler
Elle hésite
Elle voudrait tant

---

1. Agavé qui, emportée par un délire bachique, a démembré son propre fils Penthée, roi de Thèbes.

Elle a peur, elle a honte
Mais le malheur l'emporte
Et les premiers mots affleurent à ses lèvres

JOCASTE

Comment te parler ? Comment t'appeler ?
Fils ? Tu ne veux pas ?
Tu es pourtant mon fils
Tu as honte d'être mon fils
Malgré tout, malgré toi
Fils
Réponds
Tu détournes la tête
Tu détournes ton visage vide

ŒDIPE

Qui ?
Qui m'arrache à mes ténèbres ?
Mes ténèbres, mes voluptés
Qui me rend mes yeux ?
La mère
La voix de ma mère
C'était bien la peine
J'ai perdu mon temps et mes efforts

Nous n'avons plus le droit de nous rencontrer
Nous sommes maudits
Que la mer immense nous sépare
Que la terre se fende
Et nous laisse chacun sur une rive du gouffre
Nous sommes maudits

Mets la mer entre nous
Va sous d'autres étoiles

Là-bas de l'autre côté du monde
Au pays où l'on voit le soleil à l'envers
Va
Ou j'irai

JOCASTE

Le grand coupable c'est le sort
Quand le sort vous conduit
On reste innocent

ŒDIPE

Épargne-nous tes discours
La mère
Désormais épargne mes oreilles

Au nom de mon corps mutilé
Au nom de cette guenille sanglante
Je t'en prie
Au nom des enfants maudits que je t'ai donnés
Par tous les noms qui nous lient
Par ceux que nous avons le droit de nous donner
Par ceux qui nous sont interdits
Je te supplie

JOCASTE

Alors Jocaste
Tu restes immobile et muette
Jocaste tu as eu ta part de crimes
Tu refuses maintenant de payer
Pourquoi ?
Grâce à toi
Grâce à ton inceste
Les lois humaines n'ont plus de sens

Et tout sombre dans la confusion
À mort Jocaste
Une épée
Et tu mets fin à cette existence impossible

Non le père des dieux lui-même
Ébranlerait-il la voûte céleste
Lèverait-il sa main vengeresse
Lancerait-il la foudre et l'éclair
Châtiment dérisoire pour une mère coupable
Non
Le père des dieux ne peut rien pour toi
Le père des dieux ne peut pas te punir
Vive la mort !
Cherche ton chemin
Ouvre-toi la route du trépas

Toi aide un peu ta mère
Donne-lui ta main
Toi qui sais si bien assassiner tes parents
Ton œuvre n'est pas achevée
Prends ton épée
Prends l'arme qui a achevé mon mari
Mon mari ? Est-ce vraiment son nom ?
Pourquoi pas plutôt mon beau-père ?
Car il est mon beau-père

Où frapper ? Au cœur ? À la gorge ?
Tu ne sais pas choisir ?
C'est ici
Ici
Que tu dois enfoncer ton arme
Ici
Dans ce ventre vorace et fécond

Où mari et fils
Tu l'as porté, tu l'as subi

LE CHŒUR

Elle est tombée
Blessée à mort
La main sur la blessure
Mais le sang a jailli brutalement
Et a rejeté le fer hors de la plaie

ŒDIPE

Dieu qui dit les torts
Dieu sauveur
Dieu de la vérité
Je te cite au tribunal
Les sorts n'avaient exigé que la mort de mon père
Et j'ai tué ma mère
Deux fois
Je suis deux fois parricide
Mes crimes dépassent mes espérances
Et ma mère est morte à cause de moi
Morte de mes crimes
Apollon menteur
Mon destin avait deux noms affreux
Le parricide et l'inceste
Mon destin où est-il ?
Je l'ai dépassé
Va par les chemins sans issue
Va trébucher sur les routes
Avance en tâtonnant
Avance un pied craintif, une main tremblante
Va cherche ta route

Dans l'aveuglement et dans la nuit
Va sans guide et sans but
Risquant la chute à chaque pas
Va fuis
Attention
Ne va pas t'étaler sur ta mère

(Scène 10)

ANONYME

Le Roman de Thèbes (1150)

(trad. F. Mora-Lebrun, Le Livre de Poche, « Lettres gothiques »)

Dans ce texte médiéval, le clerc anonyme fait précéder le récit épique de la guerre entre Étéocle et Polynice de cinq cents vers consacrés au mythe d'Œdipe, transmis par la littérature latine. Œdipe est un chevalier qui tue Laïus par hasard pendant une bagarre générale, sous l'influence de « Carcodet », autrement dit du diable. Sur la route de Thèbes, il rencontre le Sphinx, présenté dans le texte comme une autre figure diabolique, et il résout l'énigme en s'identifiant à sa solution. Le peuple de Thèbes, ravi de cette victoire, vient fêter le jeune homme et l'emmène au palais où lui est servi un souper royal. Une fois que tout le monde est parti, Œdipe reste seul avec la reine Jocaste à laquelle il avoue très vite qu'il est le meurtrier de son époux.

Jocaste le regarda,
elle le trouva bien élevé, sage et beau :
« Mon ami, fit-elle, dites-moi
(je vous en conjure en toute loyauté)
si l'autre jour vous vous trouviez aux jeux
où je perdis mon époux.
— Dame, dit-il, puisque tu m'as conjuré,
je ne mentirai pas, sache-le :
j'ai assisté aux jeux et à la fête

où ton époux a été décapité.
Si tu demandes le nom de celui
qui l'a tué, je le connais ;
mais si tu veux savoir ce nom,
je veux avoir l'assurance et la garantie
qu'il n'encourra pas ta haine.
— Laissez, mon ami ! dit la reine.
Je vous garantis sous serment
qu'il n'encourra jamais ma haine.
À quoi me servirait-il de le haïr ?
Celui qui est mort ne peut revivre.

— Dame, dit-il, c'est avec cette épée
qui a coupé la tête du Sphinx,
malgré sa hardiesse et sa force,
que le roi votre époux a été mis à mort.
Sachez qu'en vérité c'est moi qui l'ai tué,
et je sais bien que c'était une mauvaise action :
c'est donc très volontiers que j'en fais amende honorable. »
Il plie dans sa main le pan de sa tunique à lacets
et lui tend ce gage :
Jocaste l'accepte volontiers.

Sire Œdipe fut très content
de lui avoir donné son gage ;
alors il commence à parler avec la reine
et à la réconforter :
« Madame la reine, ne pleurez pas,
ne détruisez pas votre corps ;
vous savez bien que des soupirs
ne rendront jamais la vie à celui qui est mort.
Si j'ai tué votre mari,
vous en avez accepté réparation, et je vous en remercie. »

Il a si bien conduit son affaire
que les voilà tous deux d'accord ;
car une femme est vite menée au point
où un homme peut en user à sa guise.
Les lits furent dressés
et ils se couchèrent dans la salle.
ils ne manquèrent pas de vin,
ni d'hydromel, ni de boissons épicées :
ils en eurent tous largement,
et passèrent agréablement cette nuit.

(v. 391-440)

Vingt ans plus tard, alors qu'Œdipe prend son bain, Jocaste aperçoit tout à coup les cicatrices de ses pieds, comme si elle n'avait jamais vraiment vu son corps auparavant. Elle se met alors à l'interroger, fait venir les serviteurs auxquels son premier-né a été confié et révèle enfin la vérité à Œdipe. Cette scène est particulièrement intéressante parce qu'elle limite la découverte de l'identité d'Œdipe à la sphère intime et privée. Par ailleurs, le fait qu'elle ait lieu pendant le bain la place sous un double modèle. On peut y voir la réécriture d'Ulysse revenant à Ithaque et reconnu par Euryclée, sa nourrice, à la cicatrice laissée par la blessure de sanglier alors qu'elle le lave (Odyssée, chant XIX), mais aussi le modèle chrétien de la femme pécheresse qui lave les pieds du Christ, qui laisserait entrevoir la possibilité d'un pardon pour les crimes d'Œdipe.

Plus de vingt ans Œdipe a été roi,
sans connaître son lignage,
jusqu'au jour où, comme il se baignait
et que la reine prenait soin de lui,
elle vit les pieds qu'on lui avait fendus

quand il était petit, pour le suspendre tout là-haut.
Elle lui dit : « Ne me cachez rien ;
pourquoi cette blessure aux pieds ? »
Elle l'entreprit, le questionna
et le pria tant qu'il lui dit :
« Madame la reine, je n'en sais pas plus
que ce que m'a dit Polybe :
il m'a dit qu'il m'avait ramené
du milieu d'un bois, où il m'avait trouvé,
suspendu tout en haut d'un chêne
où j'endurais ce tourment.
Je ne sais qui m'avait pendu,
ni qui m'avait fendu la plante des pieds ;
je ne sais que ce que m'a dit
le roi Polybe, qui m'a élevé. »
La reine soupçonna bien
que c'était le fils qu'elle avait porté
et que lui avaient enlevé les trois serfs
sur l'ordre du roi.
Elle les fit chercher, amener devant elle,
et leur fit prêter serment
qu'ils lui diraient la vérité
sur ce qu'ils avaient fait de son enfant.

Pour ne pas se parjurer,
ils lui ont dit tout ce qu'ils avaient fait ;
Jocaste sut alors, grâce aux trois serfs,
qu'à coup sûr le roi était son fils.
Elle dit en pleurant : « Maudite soit notre naissance,
car nous voilà damnés tous les deux.
Celui que tu as tué était ton père,
et je suis ta mère : tu n'as pas le droit de m'avoir pour épouse. »
Le roi se jugea mal loti

quand il vit ce qu'il avait fait ;
sa faute est si extraordinaire
qu'il dit qu'il va mutiler son corps.
Il s'est lui-même crevé les yeux
et s'est jeté dans un cul-de-basse-fosse ;
il jure que jamais il n'en sortira
à cause de son péché, sur lequel il veut pleurer.
Ses méchants fils, déjà grands,
ne cessent de se moquer de lui ;
ses deux yeux, qu'ils ont trouvés,
ils les ont piétinés.
Du péché qu'ils ont commis, du mal qu'ils lui ont fait,
le roi se plaint bien fort aux dieux ;
il les prie d'une voix pitoyable
d'en tirer vengeance :
« Puissant roi du ciel, Jupiter,
Tisiphone, furie d'enfer,
détruisez-moi ces orgueilleux
qui ont piétiné mes yeux.
Qu'entre eux naisse une telle discorde,
funeste et mortelle à tous deux,
qu'elle ne leur laisse guère gouverner en paix
le royaume qu'ils doivent diriger. »
Il les invoqua avec tant de franchise
qu'ils firent ce dont il les priait.

(v. 534-597)

PIERRE CORNEILLE

Œdipe (1682)

(in *Œuvres complètes*, Gallimard, « Bibliothèque de la Pléiade », tome III)

Dans l'adresse « Au lecteur » qui introduit sa pièce, Corneille recense et justifie les modifications qu'il fait subir au mythe tel qu'il est exposé dans la tragédie de Sophocle. Il en a écrit deux versions, la première datée de 1659.

La mauvaise fortune de *Pertharite* m'avait assez dégoûté du théâtre, pour m'obliger à faire retraite, et à m'imposer un silence, que je garderais encore, si M. le procureur général Fouquet me l'eût permis. Comme il n'était pas moins surintendant des belles-lettres que des finances, je ne pus me défendre des ordres qu'il daigna me donner de mettre sur scène un des trois sujets qu'il me proposa. Il m'en laissa le choix, et je m'arrêtai à celui-ci, dont le bonheur me vengea assez bien de la déroute de l'autre, puisque le Roi s'en satisfit assez pour me faire recevoir des marques solides de son approbation par ses libéralités, que je pris pour des commandements tacites de consacrer aux divertissements de Sa Majesté, ce que l'âge et les vieux travaux m'avaient laissé d'esprit et de vigueur.

Je ne déguiserai point qu'après avoir fait le choix de ce sujet, sur cette confiance que j'aurais pour moi les suffrages de tous les savants, qui le regardent encore comme le chef-d'œuvre de l'Antiquité, et que les pensées de Sophocle et de Sénèque, qui l'ont traité en leurs langues, me faciliteraient les moyens d'en venir à bout, je tremblai quand je l'envisageai de près. Je reconnus que ce qui avait passé pour merveilleux en leurs siècles pourrait sembler horrible au nôtre ; que cette éloquente et curieuse description de la manière dont ce malheureux prince se crève les yeux, qui occupe tout le cinquième acte, ferait soulever la délicatesse de nos dames, dont le dégoût attire aisément celui du reste de l'auditoire ; et qu'enfin l'amour n'ayant point de part en cette tragédie, elle était dénuée des principaux agréments qui sont en possession de gagner la voix publique.

Ces considérations m'ont fait cacher aux yeux un si dangereux spectacle, et introduire l'heureux épisode de Thésée et de Dircé. J'ai retranché le nombre des oracles, qui pouvait être importun, et donner à Œdipe trop de soupçon de sa naissance ; j'ai rendu la réponse de Laïus évoquée par Tirésie assez obscure dans sa clarté apparente, pour en faire une fausse application à cette princesse ; j'ai rectifié ce qu'Aristote y trouve sans raison et qu'il n'excuse que parce qu'il arrive avant le début de la pièce, et j'ai fait en sorte qu'Œdipe, loin de se croire l'auteur de la mort du roi son prédécesseur, s'imagine l'avoir vengée sur trois brigands, à qui le bruit commun l'attribue, et ce n'est pas un petit artifice qu'il s'en convainque lui-même, lorsqu'il veut en convaincre Phorbas.

Ces changements m'ont fait perdre l'avantage que je m'étais promis de n'être souvent que le traducteur de ces grands génies qui m'ont précédé. La différente route que j'ai prise m'a empêché de me rencontrer avec eux, et de me parer de leur travail : mais en récompense j'ai eu le bonheur de faire avouer qu'il n'est point sorti de pièce de ma main où il se trouve tant d'art qu'en celle-ci. On m'y a fait deux objections, l'une que Dircé au troisième acte manque de respect envers sa mère, ce qui ne peut être une faute de théâtre, puisque nous ne sommes pas obligés de rendre parfaits ceux que nous y faisons voir [...]. L'autre objection regarde la guérison publique, sitôt qu'Œdipe s'est puni. La narration s'en fait par Cléante et Dymas, et l'on veut qu'il eût pu suffire de l'un des deux pour la faire. À quoi je réponds que ce miracle s'étant fait tout d'un coup, un seul homme n'en pouvait savoir assez tôt tout l'effet, et qu'il a fallu donner à l'un le récit de ce qui s'était passé dans la ville, et l'autre de ce qu'il avait vu dans le palais. Je trouve plus à dire à Dircé qui les écoute, et devrait avoir couru auprès de sa mère, sitôt qu'on lui en a dit la mort, mais on peut répondre que si les devoirs de la nature nous appellent auprès de nos parents quand ils meurent, nous nous retirons d'ordinaire auprès d'eux quand ils sont morts, afin de nous épargner ce funeste spectacle, et qu'ainsi Dircé a pu n'avoir aucun empressement de voir sa mère à qui son secours ne pouvait plus être utile, puisqu'elle était morte. Outre que si elle y eût couru, Thésée l'aurait suivie, et il ne me serait demeuré personne pour entendre ces récits. C'est une incommodité de la représentation qui doit faire souffrir quelque manquement à l'exacte vraisemblance. Les Anciens avaient leurs chœurs qui ne sortaient point du théâtre, et étaient toujours prêts d'écouter tout ce qu'on leur voulait apprendre, mais cette facilité était compensée par tant d'autres importunités de leur part, que nous ne devons point nous repentir du retranchement que nous en avons fait.

Dans la réécriture de Corneille, Thésée apparaît comme le double solaire et généreux d'un Œdipe excessif et tyrannique. Corneille insiste sur le fait qu'il a négligé de punir le meurtre de Laïus, ce qui constitue, dans la perspective d'une monarchie absolue de droit divin, une faute impardonnable mettant en péril les fondements de l'autorité politique. Le conflit tragique est d'abord marginalisé par l'intrigue amoureuse entre Thésée et Dircé qui acquiert vite une dimension politique, puisque l'union des deux amants constituerait une menace pour le pouvoir d'Œdipe. Le mythe est contaminé par le motif du « sang » qui dit à la fois le meurtre de Laïus, le visage ensanglanté d'Œdipe, mais aussi le sang du sacrifice ou encore celui de la famille, le sang qui prouve la transmission légitime de la royauté. Ces motifs apparaissent dans la scène où Nérine, dame d'honneur de Jocaste, vient rendre compte à Dircé de l'évocation de Laïus par Tirésias.

NÉRINE

Ah ! Madame, il en faut de la même innocence
Pour apaiser du Ciel l'implacable vengeance ;
Il faut une victime et pure et d'un tel rang,
Que chacun la voudrait racheter de son sang.

DIRCÉ

Nérine, que dis-tu ? Serait-ce bien la Reine ?
Le Ciel ferait-il choix d'Antigone, ou d'Ismène ?
Voudrait-il Étéocle, ou Polynice, ou moi ?
Car tu me dis assez que ce n'est pas le Roi ;
Et si le Ciel demande une victime pure,
Appréhender pour lui, c'est lui faire une injure.
Serait-ce enfin Thésée ? Hélas ! si c'était lui…
Mais nomme, et dis quel sang le Ciel veut aujourd'hui.

NÉRINE

L'ombre du grand Laïos, qui lui sert d'interprète,
De honte ou de dépit sur ce nom est muette ;
Je n'ose vous nommer ce qu'elle nous a tu ;
Mais préparez, Madame, une haute vertu :
Prêtez à ce récit une âme généreuse,
Et vous-même jugez si la chose est douteuse.

DIRCÉ

Ah ! ce sera Thésée ou la Reine.

NÉRINE

Écoutez,
Et tâchez d'y trouver quelques obscurités.
Tirésie a longtemps perdu ses sacrifices
Sans trouver ni les dieux ni les ombres propices ;
Et celle de Laïus évoqué par son nom
S'obstinait au silence aussi bien qu'Apollon.
Mais la Reine en la place à peine est arrivée,
Qu'une épaisse vapeur s'est du temple élevée,
D'où cette ombre aussitôt sortant jusqu'en plein jour
A surpris tous les yeux du peuple et de la cour.
L'impérieux orgueil de son regard sévère
Sur son visage pâle avait peint la colère ;
Tout menaçait en elle, et des restes de sang
Par un prodige affreux lui dégouttaient du flanc.
À ce terrible aspect la Reine s'est troublée,
La frayeur a couru dans toute l'assemblée,
Et de vos deux amants j'ai vu les cœurs glacés
À ces funestes mots que l'ombre a prononcés :
« Un grand crime impuni cause votre misère ;
Par le sang de ma race il se doit effacer ;
Mais à moins que de le verser,
Le Ciel ne se peut satisfaire ;
Et la fin de vos maux ne se fera point voir
Que mon sang n'ait fait son devoir. »
Ces mots dans tous les cœurs redoublent les alarmes ;
L'ombre, qui disparaît, laisse la Reine en larmes,
Thésée au désespoir, Hémon tout hors de lui ;
Le Roi même arrivant partage leur ennui ;
Et d'une voix commune ils refusent une aide
Qui fait trouver le mal plus doux que le remède.

DIRCÉ

Peut-être craignent-ils que mon cœur révolté
Ne leur refuse un sang qu'ils n'ont pas mérité ;
Mais ma flamme à la mort m'avait trop résolue,
Pour ne pas y courir quand les dieux l'ont voulue.
Tu m'as fait sans raison concevoir de l'effroi ;
Je n'ai point dû trembler, s'ils ne veulent que moi.
Ils m'ouvrent une porte à sortir d'esclavage,
Que tient trop précieuse un généreux courage :
Mourir pour sa patrie est un sort plein d'appas
Pour quiconque à des fers préfère le trépas.
Admire, peuple ingrat, qui m'as déshéritée,
Quelle vengeance en prend ta princesse irritée,
Et connais dans la fin de tes longs déplaisirs
Ta véritable reine à ses derniers soupirs.
Vois comme à tes malheurs je suis toute asservie :
L'un m'a coûté mon trône, et l'autre veut ma vie.
Tu t'es sauvé du Sphinx aux dépens de mon rang ;
Sauve-toi de la peste aux dépens de mon sang.
Mais après avoir vu dans la fin de ta peine
Que pour toi le trépas semble doux à ta reine,
Fais-toi de son exemple une adorable loi :
Il est encor plus doux de mourir pour son roi.

(Acte II, scène 3)

VOLTAIRE

Œdipe (1719)

(in *Théâtre du XVIIIe siècle*, Gallimard, « Bibliothèque de la Pléiade », tome I)

Voltaire est âgé de vingt-quatre ans seulement quand sa première tragédie est jouée à la Comédie-Française, soixante ans après le succès de celle de Corneille sur le même sujet, et son triomphe est tel qu'il éclipse la version de son illustre prédécesseur. Il resserre l'intrigue dans le temps, puisque Œdipe n'est l'époux de Jocaste que depuis quatre ans, ce qui lui permet de passer sous silence les enfants nés de l'inceste et de recentrer la tragédie sur le parricide. Il ajoute lui aussi un personnage, Philoctète, compagnon d'Hercule et ancien amant de Jocaste, qui lui permet d'introduire une intrigue amoureuse discrète. Lorsque le grand prêtre, avatar de Tirésias, fait savoir que Laïus réclame qu'on venge son meurtre, les soupçons se portent d'abord sur ce Philoctète, dont la rivalité malheureuse avec Laïus constituerait un mobile suffisant, mais sa vertu éclate dans sa confrontation avec Œdipe.

ŒDIPE, ARASPE

ŒDIPE

Je l'avouerai, j'ai peine à le croire coupable.
D'un cœur tel que le sien l'audace inébranlable
Ne sait point s'abaisser à des déguisements :

Le mensonge n'a point de si hauts sentiments.
Je ne puis voir en lui cette bassesse infâme.
Je te dirai bien plus ; je rougissais dans l'âme
De me voir obligé d'accuser ce grand cœur :
Je me plaignais à moi de mon trop de rigueur.
Nécessité cruelle attachée à l'empire !
Dans le cœur des humains les rois ne peuvent lire ;
Souvent sur l'innocence ils font tomber leurs coups,
Et nous sommes, Araspe, injustes malgré nous.
Mais que Phorbas est lent pour mon impatience !
C'est sur lui seul enfin que j'ai quelque espérance ;
Car les dieux irrités ne nous répondent plus ;
Ils ont par leur silence expliqué leur refus.

ARASPE

Tandis que par vos soins vous pouvez tout apprendre,
Quel besoin que le ciel ici se fasse entendre ?
Ces dieux dont le pontife a promis le secours,
Dans leurs temples, seigneur, n'habitent pas toujours.
On ne voit point leur bras si prodigue en miracles :
Ces antres, ces trépieds, qui rendent leurs oracles,
Ces organes d'airain que nos mains ont formés,
Toujours d'un souffle pur ne sont pas animés.
Ne nous endormons point sur la foi de leurs prêtres ;
Au pied du sanctuaire il est souvent des traîtres,
Qui, nous asservissant sous un pouvoir sacré,
Font parler les destins, les font taire à leur gré.
Voyez, examinez avec un soin extrême
Philoctète, Phorbas, et Jocaste elle-même.
Ne nous fions qu'à nous ; voyons tout par nos yeux :
Ce sont là nos trépieds, nos oracles, nos dieux.

ŒDIPE

Serait-il dans le temple un cœur assez perfide ?...
Non, si le ciel enfin de nos destins décide,
On ne le verra point mettre en d'indignes mains
Le dépôt précieux du salut des Thébains.
Je vais, je vais moi-même, accusant leur silence,
Par mes vœux redoublés fléchir leur inclémence.
Toi, si pour me servir tu montres quelque ardeur,
De Phorbas que j'attends cours hâter la lenteur :
Dans l'état déplorable où tu vois que nous sommes,
Je veux interroger et les dieux et les hommes.

(Acte II, scène 5)

Au début du cinquième acte, Œdipe est enfin confronté à la question de son identité et les péripéties s'accélèrent vers la catastrophe finale. La figure du souverain est la proie du doute qui se manifeste par des questions incessantes toutes relatives à cette interrogation fondamentale : Qui suis-je ?

ŒDIPE, ARASPE, ICARE, SUITE

ŒDIPE

Icare, est-ce vous que je vois ?
Vous, de mes premiers ans sage dépositaire,
Vous, digne favori de Polybe, mon père ?
Quel sujet important vous conduit parmi nous ?

ICARE

Seigneur, Polybe est mort.

ŒDIPE

Ah ! que m'apprenez-vous ?
Mon père…

ICARE

À son trépas vous deviez vous attendre.
Dans la nuit du tombeau les ans l'ont fait descendre ;
Ses jours étaient remplis, il est mort à mes yeux.

ŒDIPE

Qu'êtes-vous devenus, oracles de nos dieux ?
Vous qui faisiez trembler ma vertu trop timide,
Vous qui me prépariez l'horreur d'un parricide.
Mon père est chez les morts, et vous m'avez trompé ;
Malgré vous dans son sang mes mains n'ont point trempé.
Ainsi de mon erreur esclave involontaire,
Occupé d'écarter un mal imaginaire,
J'abandonnais ma vie à des malheurs certains,
Trop crédule artisan de mes tristes destins !
Ô ciel ! et quel est donc l'excès de ma misère
Si le trépas des miens me devient nécessaire ?
Si, trouvant dans leur perte un bonheur odieux,
Pour moi la mort d'un père est un bienfait des dieux ?
Allons, il faut partir ; il faut que je m'acquitte
Des funèbres tributs que sa cendre mérite.
Partons. Vous vous taisez, je vois vos pleurs couler :
Que ce silence…

ICARE

Ô ciel ! oserai-je parler ?

ŒDIPE

Vous reste-t-il encor des malheurs à m'apprendre ?

ICARE

Un moment sans témoin daignerez-vous m'entendre ?

ŒDIPE, *à sa suite.*

Allez, retirez-vous. Que va-t-il m'annoncer ?

ICARE

À Corinthe, seigneur, il ne faut plus penser :
Si vous y paraissez, votre mort est jurée.

ŒDIPE

Eh ! qui de mes États me défendrait l'entrée ?

ICARE

Du sceptre de Polybe un autre est l'héritier.

ŒDIPE

Est-ce assez ? Et ce trait sera-t-il le dernier ?
Poursuis, destin, poursuis, tu ne pourras m'abattre.
Eh bien ! j'allais régner ; Icare, allons combattre :
À mes lâches sujets courons me présenter.
Parmi ces malheureux, prompts à se révolter,
Je puis trouver du moins un trépas honorable :
Mourant chez les Thébains, je mourrais en coupable ;
Je dois périr en roi. Quels sont mes ennemis ?
Parle, quel étranger sur mon trône est assis ?

ICARE

Le gendre de Polybe ; et Polybe lui-même
Sur son front en mourant a mis le diadème.
À son maître nouveau tout le peuple obéit.

ŒDIPE

Eh quoi ! mon père aussi, mon père me trahit ?

De la rébellion mon père est le complice ?
Il me chasse du trône !

ICARE

Il vous a fait justice ;
Vous n'étiez point son fils.

ŒDIPE

Icare !

ICARE

Avec regret
Je révèle en tremblant ce terrible secret ;
Mais il le faut, seigneur ; et toute la province…

ŒDIPE

Je ne suis point son fils !

ICARE

Non, seigneur ; et ce prince
A tout dit en mourant. De ses remords pressé,
Pour le sang de nos rois il vous a renoncé ;
Et moi, de son secret confident et complice,
Craignant du nouveau roi la sévère justice,
Je venais implorer votre appui dans ces lieux.

ŒDIPE

Je n'étais point son fils ! et qui suis-je, grands dieux ?

ICARE

Le ciel, qui dans mes mains a remis votre enfance,
D'une profonde nuit couvre votre naissance ;
Et je sais seulement qu'en naissant condamné,

Et sur un mont désert à périr destiné,
La lumière sans moi vous eût été ravie.

ŒDIPE

Ainsi donc mon malheur commence avec ma vie;
J'étais dès le berceau l'horreur de ma maison.
Où tombai-je en vos mains?

ICARE

Sur le mont Cithéron.

ŒDIPE

Près de Thèbes?

ICARE

Un Thébain, qui se dit votre père,
Exposa votre enfance en ce lieu solitaire.
Quelque dieu bienfaisant guida vers vous mes pas:
La pitié me saisit, je vous pris dans mes bras;
Je ranimai dans vous la chaleur presqu'éteinte.
Vous viviez; aussitôt je vous porte à Corinthe;
Je vous présente au prince: admirez votre sort!
Le prince vous adopte au lieu de son fils mort;
Et par ce coup adroit, sa politique heureuse
Affermit pour jamais sa puissance douteuse.
Sous le nom de son fils vous fûtes élevé
Par cette même main qui vous avait sauvé.
Mais le trône en effet n'était point votre place;
L'intérêt vous y mit, le remords vous en chasse.

ŒDIPE

Ô vous qui présidez aux fortunes des rois,
Dieux! faut-il en un jour m'accabler tant de fois,
Et, préparant vos coups par vos trompeurs oracles,

Contre un faible mortel épuiser les miracles ?
Mais ce vieillard, ami, de qui tu m'as reçu,
Depuis ce temps fatal ne l'as-tu jamais vu ?

ICARE

Jamais ; et le trépas vous a ravi peut-être
Le seul qui vous eût dit quel sang vous a fait naître.
Mais longtemps de ses traits mon esprit occupé
De son image encore est tellement frappé
Que je le connaîtrais s'il venait à paraître.

ŒDIPE

Malheureux ! eh ! pourquoi chercher à le connaître ?
Je devrais bien plutôt, d'accord avec les dieux,
Chérir l'heureux bandeau qui me couvre les yeux.
J'entrevois mon destin ; ces recherches cruelles
Ne me découvriront que des horreurs nouvelles.
Je le sais ; mais malgré les maux que je prévoi,
Un désir curieux m'entraîne loin de moi.
Je ne puis demeurer dans cette incertitude ;
Le doute en mon malheur est un tourment trop rude ;
J'abhorre le flambeau dont je veux m'éclairer ;
Je crains de me connaître, et ne puis m'ignorer.

(Acte V, scène 2)

ANDRÉ GIDE

Œdipe (1931)

(in *Romans et récits*, Gallimard, « Bibliothèque de la Pléiade », tome II)

L'Œdipe de Gide se présente comme un homme sans souci, rayonnant, un bâtard céleste, sachant qu'il n'est pas le fils de Polybe, fier de s'être élevé dans l'échelle sociale par ses seules forces, comme il le dit à Créon au début du second acte : « Jailli de l'inconnu ; plus de passé, plus de modèle, rien sur quoi m'appuyer ; tout à créer, patrie, ancêtres… à inventer, à découvrir. Personne à qui ressembler, que moi-même. Que m'importe, dès lors, si je suis grec ou lorrain ? Ô Créon ! si soumis, si conforme à tout, comment comprendrais-tu la beauté de cette exigence ? C'est un appel à la vaillance, que de ne connaître point ses parents. » C'est un héros gidien, qui revendique son absence de racines, un homme neuf, incarnant le progrès face au conservatisme de Créon, et l'humanisme face à l'obscurantisme religieux de Tirésias. Œdipe défend une croyance inébranlable en l'homme comme il s'en ouvre à ses deux fils, les « polissons » Étéocle et Polynice :

ÉTÉOCLE : Tirésias nous enseigne que la parole fut donnée aux hommes par les dieux.

POLYNICE : Je crois moins volontiers aux dieux qu'aux héros.

(Œdipe s'avance vers ses fils.)

ŒDIPE : Bien dit ! Je vous reconnais pour mes fils. À vous entendre (oui, je vous écoutais), je me reproche de ne pas converser davantage avec vous. Mais, je voudrais vous dire d'abord... Mes petits, respectez vos sœurs. Ce qui nous touche de trop près n'est jamais une conquête bien profitable. Pour se grandir, il faut porter loin ses regards. Et puis, ne regardez pas trop en arrière. Persuadez-vous que l'humanité est sans doute beaucoup plus loin de son but que nous ne pouvons encore entrevoir, que de son point de départ que nous ne distinguons déjà plus.

ÉTÉOCLE : Le but... Quel peut être le but ?

ŒDIPE : Il est devant nous, quel qu'il soit. J'imagine, beaucoup plus tard, la terre couverte d'une humanité désasservie, qui considérera notre civilisation d'aujourd'hui du même œil que nous considérons l'état des hommes au début de leur lent progrès. Si j'ai vaincu le Sphinx, ce n'est pas pour que vous vous reposiez. Ce dragon dont tu parlais, Étéocle, est pareil à celui qui m'attendait aux portes de Thèbes, où je devais n'entrer qu'en vainqueur. Tirésias nous embête avec son mysticisme et sa morale. On m'avait appris tout cela chez Polybe... Tirésias n'a jamais rien inventé et ne saurait approuver ceux qui cherchent et qui inventent. Si inspiré par Dieu qu'il se dise, avec ses révélations, ses oiseaux, ce n'est pas lui qui sut répondre à l'énigme. J'ai compris, moi seul ai compris que le seul mot de passe, pour n'être pas dévoré par le sphinx, c'est : l'Homme. Sans doute fallait-il un peu de courage pour le dire, ce mot. Mais je le tenais prêt dès avant d'avoir entendu l'énigme ; et ma force est que je n'admettais pas d'autre réponse, à quelle que pût être la question.

Car, comprenez bien, mes petits, que chacun de nous, adolescent, rencontre, au début de sa course, un monstre qui dresse devant lui telle énigme qui nous puisse empêcher d'avancer. Et, bien qu'à chacun de nous, mes enfants, ce sphinx particulier pose une question différente, persuadez-vous qu'à chacune de ses questions la réponse reste pareille ; oui, qu'il n'y a qu'une seule et même réponse à de si diverses questions ; et que cette réponse unique, c'est : l'Homme ; et que cet homme unique, pour un chacun de nous, c'est : Soi.

(Tirésias est entré.)

TIRÉSIAS : Œdipe, est-ce là le dernier mot de ta sagesse ? Est-ce là que ta science aboutit ?

ŒDIPE : C'est de là qu'elle part, au contraire. C'en est le premier mot.

TIRÉSIAS : Les mots suivants ?

ŒDIPE : Mes fils auront à les chercher.

TIRÉSIAS : Ils ne les trouveront pas plus que tu ne les as trouvés toi-même.

ŒDIPE, *à part* : Il est plus fatigant encore que le Sphinx. *(À ses fils.)* Laissez-nous.

(Étéocle et Polynice sortent.)

TIRÉSIAS : Oui, tu demandes que tes fils te laissent, quand tu n'as plus rien à leur dire et que ta science se trouve à court. Tu ne peux leur enseigner que l'orgueil. Toute science qui part de l'homme, et non pas de Dieu, ne vaut rien.

ŒDIPE : J'ai longtemps cru que j'étais guidé par un dieu.

TIRÉSIAS : Un dieu qui n'était autre que toi-même ; oui, que toi-même divinisé.

(Acte II)

Le dénouement du mythe a longtemps posé problème à Gide, parce qu'il ne lui permettait pas de conclure sur une note positive. Or, il a l'idée d'intégrer à son drame la prophétie d'Œdipe à

Colone, *fusionnant ainsi les deux pans du mythe pour sauver son héros qui retrouve son humanisme un moment perdu.*

ŒDIPE : À présent que me voici plus calme et que s'apaise ma douleur avec mon irritation contre moi, je puis discuter avec toi, Tirésias. J'admire que cette proposition de repentance vienne de toi, qui précisément crois que les dieux nous mènent et qu'il n'était pas en mon pouvoir d'échapper à ma destinée. Sans doute cette offrande de moi était-elle prévue, elle aussi, de sorte que je ne pusse pas m'y soustraire. N'importe ! C'est volontiers que je m'immole. J'étais parvenu à ce point que je ne pouvais plus dépasser qu'en prenant élan contre moi-même.

CRÉON : Je me réjouis, mon cher Œdipe, de voir que ta douleur est, somme toute, supportable ; car il me reste à t'annoncer une chose assez pénible. Après ce qui s'est passé, et maintenant que le peuple connaît ton crime, tu ne peux plus rester à Thèbes.

LE CHŒUR : Nous demandons que, selon l'indication des dieux, tu nous débarrasses à la fois de ta présence et de nos maux.

CRÉON : Étéocle et Polynice déjà convoitent le trône. S'ils sont peut-être un peu jeunes encore pour régner, je ferai de nouveau l'intérim.

TIRÉSIAS : Que tes fils tirent ainsi parti de l'instruction que tu leur donnas, je pense que cela n'a rien qui t'étonne ?

ŒDIPE : C'est volontiers que je leur laisse, pour leur malheur, une royauté non conquise et non méritée. Mais de mon exemple, ils n'ont pris que ce qui les flatte, les autorisations, la licence, laissant échapper la contrainte : le difficile et le meilleur.

ANTIGONE : Mon père, je sais bien que, de tous les partis, vous choisirez toujours le plus noble. C'est pourquoi je ne vous quitterai pas.

TIRÉSIAS : Déjà promise à Dieu, tu ne peux disposer de toi.

ANTIGONE : Non, je ne romprai pas ma promesse. En m'échappant de toi, Tirésias, je resterai fidèle à Dieu. Même il me semble que je le servirai mieux, suivant mon père, que je ne faisais près de toi. Je t'écoutais m'enseigner Dieu jusqu'à ce jour ; mais, plus pieusement encore, j'écouterai maintenant le seul enseignement de ma raison et de mon cœur. Père, pose ta main sur mon épaule. Je ne fléchirai pas. Tu peux te reposer sur moi. J'écarterai les ronces de ta route. Dis où tu veux aller.

ŒDIPE : Je ne sais pas. Droit devant moi... Désormais sans foyer, sans patrie...

ISMÈNE : Oh ! cela me désole de vous voir vous en aller ainsi... Le temps de me préparer un costume de deuil, et je vous rejoins à cheval.

TIRÉSIAS : Avant de laisser partir Œdipe, écoutez tous ce que me révèlent des dieux. Une grande bénédiction est promise par eux à la terre où reposeront ses os.

CRÉON : Allons bon !... Tu vois que tu ferais décidément mieux de rester parmi nous. On pourra toujours s'arranger.

ŒDIPE : Trop tard, Créon. Mon âme a déjà quitté Thèbes, et tous les liens qui me rattachaient au passé sont rompus. Je ne suis plus un roi ; plus rien qu'un voyageur sans nom, qui renonce à ses biens, à sa gloire, à soi-même.

LE CHŒUR : Reste avec nous, Œdipe. On te soignera bien, tu verras. Souviens-toi que, dans le temps, tu nous as rendu de grands services. Si ton crime irritait les dieux contre nous, tu viens de le venger magistralement sur toi-même. Songe à tes chers Thébains, à ton peuple. Que t'importe ceux qui ne te connaissent pas ?

ŒDIPE : Quels qu'ils soient, ce sont des hommes. Au

prix de ma souffrance, il m'est doux de leur apporter du bonheur.

TIRÉSIAS : Ce n'est pas leur bonheur qu'il faut vouloir, mais leur salut.

ŒDIPE : Je te laisse expliquer cela au peuple. Adieu ! Viens ma fille. Toi, seule de mes enfants en qui je veuille me reconnaître et à qui je me fie, Antigone très pure, je ne me laisserai plus guider que par toi.

(Acte III)

JEAN COCTEAU

La machine infernale (1934)

(Grasset)

Les mythes ont toujours fasciné Cocteau. Il a écrit plusieurs versions de celui d'Œdipe, dont La machine infernale *qui met au jour l'implacable mécanique du destin manipulée par des « dieux infernaux pour l'anéantissement mathématique d'un mortel », comme l'énonce « La Voix » qui ouvre la pièce. Quand le ressort de la machine tragique se détend enfin, Jocaste s'est pendue avec son écharpe, Œdipe s'est crevé les yeux et il revient en scène, prêt à quitter la ville. Cocteau invente un nouveau motif, celui du fantôme de Jocaste, pendant de celui de Laïos avec lequel il a ouvert sa pièce sur les remparts de Thèbes. Ce fantôme est une variation sur le dénouement de Sénèque, qui proposait déjà le retour en scène de Jocaste, mais permettant la réconciliation des protagonistes tout en offrant à Œdipe de retrouver sa place entre la génération de sa mère et celle de sa fille qui vont l'accompagner toutes les deux sur le chemin de l'exil. Tirésias vient de lui faire don de son bâton quand le fantôme de Jocaste fait son entrée.*

Jocaste paraît dans la porte. Jocaste morte, blanche, belle, les yeux clos. Sa longue écharpe enroulée autour du cou.

ŒDIPE : Jocaste ! Toi ! Toi vivante !

JOCASTE : Non, Œdipe. Je suis morte. Tu me vois parce que tu es aveugle ; les autres ne peuvent plus me voir.

ŒDIPE : Tirésias est aveugle…

JOCASTE : Peut-être me voit-il un peu… mais il m'aime, il ne dira rien…

ŒDIPE : Femme ! ne me touche pas…

JOCASTE : Ta femme est morte pendue, Œdipe. Je suis ta mère. C'est ta mère qui vient à ton aide… Comment ferais-tu rien que pour descendre seul cet escalier, mon pauvre petit ?

ŒDIPE : Ma mère !

ŒDIPE : Oui, mon enfant, mon petit enfant… Les choses qui paraissent abominables aux humains, si tu savais, de l'endroit où j'habite, si tu savais comme elles ont peu d'importance.

ŒDIPE : Je suis encore sur la terre.

JOCASTE : À peine…

CRÉON : Il parle avec des fantômes, il a le délire, la fièvre, je n'autoriserai pas cette petite…

TIRÉSIAS : Ils sont sous bonne garde.

CRÉON : Antigone ! Antigone ! je t'appelle…

ANTIGONE : Je ne veux pas rester chez mon oncle ! Je ne veux pas, je ne veux pas rester à la maison. Petit père, petit père, ne me quitte pas ! Je te conduirai, je te dirigerai…

CRÉON : Nature ingrate.

ŒDIPE : Impossible, Antigone, tu dois être sage… je ne peux pas t'emmener.

ANTIGONE : Si ! Si !

ŒDIPE : Tu abandonnerais Ismène ?

ANTIGONE : Elle doit rester auprès d'Étéocle et de Polynice. Emmène-moi, je t'en supplie ! Je t'en supplie ! Ne me laisse pas seule ! Ne me laisse pas chez mon oncle ! Ne me laisse pas à la maison !

JOCASTE : La petite est si fière. Elle s'imagine être ton guide. Il faut le lui laisser croire. Emmène-la. Je me charge de tout.

ŒDIPE : Oh !...

Il porte la main à sa tête.

JOCASTE : Tu as mal ?

ŒDIPE : Oui, dans la tête et dans la nuque et dans les bras... C'est atroce.

JOCASTE : Je te panserai à la fontaine.

ŒDIPE, *abandonné* : Mère...

JOCASTE : Crois-tu ! cette méchante écharpe et cette affreuse broche ! L'avais-je assez prédit.

CRÉON : C'est im-pos-si-ble. Je ne laisserai pas un fou sortir en liberté avec Antigone. J'ai le devoir...

TIRÉSIAS : Le devoir ! Ils ne t'appartiennent plus ; ils ne relèvent plus de ta puissance.

CRÉON : Et à qui appartiendraient-ils ?

TIRÉSIAS : Au peuple, aux poètes, aux cœurs purs.

JOCASTE : En route ! Empoigne ma robe solidement... n'aie pas peur...

Ils se mettent en route.

ANTIGONE : Viens, petit père... partons vite...

ŒDIPE : Où commencent les marches ?

JOCASTE ET ANTIGONE : Il y a encore toute la plate-forme...

Ils disparaissent... On entend Jocaste et Antigone parler exactement ensemble.

JOCASTE ET ANTIGONE : Attention… compte les marches… Un, deux, trois, quatre, cinq…

CRÉON : Et en admettant qu'ils sortent de la ville, qui s'en chargera, qui les recueillera ?…

TIRÉSIAS : La gloire.

CRÉON : Dites plutôt le déshonneur, la honte…

TIRÉSIAS : Qui sait ?

RIDEAU

(Acte IV)

ALAIN ROBBE-GRILLET

Les Gommes (1953)

(Éditions de Minuit)

Les critiques n'ont pas tout de suite perçu que ce roman de Robbe-Grillet qui accorde, selon les principes du Nouveau Roman, une place nouvelle à l'objet dans la littérature renfermait un secret : il est une réécriture en creux du mythe d'Œdipe. Dans cette enquête menée par un certain Wallas, l'écrivain dissémine de nombreux indices de sa réécriture. L'écart avec le mythe est maximal et les références sont discrètes. Le Sphinx apparaît comme une chimère composée par l'assemblage d'ordures qui flottent dans les canaux de la ville, les rideaux de dentelle d'une fenêtre représentent un enfant abandonné entouré de bergers, la statue de la place de la préfecture est l'œuvre d'un certain Daulis, nom du carrefour où Œdipe a tué Laïos, une statuette d'Apollon en train d'écraser un lézard se retrouve sur la cheminée de Garinati, le journal du jour titre « La voyante abusait de ses clients », des dessins au crayon de ruines romaines sont affichés en devanture des papeteries où Wallas cherche une gomme dont il a oublié la marque, se souvenant seulement que ses deux lettres centrales sont DI… Le passage suivant se trouve à la fin du roman, l'enquête est bouclée, on a trouvé le cadavre de Dupont, et c'est Wallas qui l'a finalement tué, alors qu'il est le détective envoyé pour enquêter sur sa mort. Il s'apprête à partir.

Et ça ne sera pas bien long : Wallas quittera la ville par le premier train. Il est assis sur le bord de son lit, les coudes sur les genoux, la tête entre les mains. Il a retiré ses chaussures qui lui faisaient mal ; ses pieds sont enflés à force de marcher.

Cette nuit de veille l'a épuisé. Il a accompagné partout le commissaire général qui avait sur-le-champ repris la direction de l'affaire et toute son importance. Plusieurs fois, au cours de leurs déplacements nocturnes, Wallas s'est endormi dans la voiture. Depuis qu'il avait récupéré ce cadavre qui lui manquait, Laurent était au contraire parfaitement à son aise : il a déployé une activité que son collègue d'un jour n'attendait guère de lui — surtout à partir de huit heures et demie, lorsqu'il eut appris le meurtre de l'exportateur millionnaire.

Wallas, lui, ne s'est plus occupé de rien. Il est resté parce qu'on ne lui avait pas dit de s'en aller.

Quand il a téléphoné au Bureau, c'est Fabius lui-même qui lui a répondu. Wallas a rendu compte de sa mission et demandé s'il était possible de le muter à nouveau dans son ancien service. C'était prendre les devants : on ne l'aurait pas gardé à ce poste délicat après cette aventure malheureuse. Puisque le parquet n'a pas besoin de lui pour l'instant, il regagnera la capitale dans la matinée.

Dans son extrême fatigue, des bribes de sa journée perdue viennent encore le tourmenter : « … et si, à ce moment-là, j'avais pensé à… et si j'avais… » Il chasse ces obsessions, d'un mouvement impatient de la tête. À présent il est trop tard.

« Quarante-trois multiplié par cent quatorze. Quatre fois trois, douze. Quatre fois quatre, seize. Seize et un, dix-sept. Quarante-trois. Quarante-trois. Deux. Sept et trois, dix. Quatre et trois, sept. Sept et un, huit. Huit et un, neuf. Quatre. Quatre mille neuf cent deux. Il n'y a pas d'autre solution possible. Quatre mille neuf cent deux… Ça ne marche pas, mon garçon. Quarante-neuf centimètres carrés de surface : il faut au moins cinquante, vous savez. »

Un seul centimètre — il n'a manqué que cet espace dérisoire.

Il lui reste encore deux petits millimètres dont il n'a rien fait. Deux derniers petits millimètres. Deux millimètres carrés de rêve… Ce n'est pas beaucoup. L'eau glauque des canaux monte et déborde, franchit les quais de granit, envahit les rues, répand sur toute la ville ses monstres et ses boues…

Wallas se lève : s'il demeure là sans bouger, il va dormir vraiment. Il veut prendre son peigne dans la poche intérieure de sa veste, mais ses gestes sont maladroits et, en saisissant l'étui, il fait tomber son portefeuille dont quelques papiers s'échappent. Sa carte d'identité lui renvoie ce visage qui était le sien ; il s'approche de la table de toilette pour se voir dans la glace, et compare avec la photographie : le manque de sommeil, en vieillissant ses traits, a rétabli la ressemblance. Ce sera d'ailleurs inutile de changer cette photo, il n'aura qu'à laisser repousser sa moustache. Il n'a pas ce qu'on appelle le front « bas », ce sont seulement ses cheveux qui sont plantés bas.

En rangeant les papiers dans le portefeuille, il ne retrouve plus le coupon de retour de son billet de chemin de fer. Il regarde s'il n'est pas resté par terre près du lit ; il fouille ensuite dans toutes ses poches ; il cherche encore une fois dans le portefeuille. Il se rappelle y avoir vu le ticket en prenant de l'argent. C'était aussi la seule preuve de l'heure exacte de son arrivée dans la ville. Fabius, au téléphone, n'a pas eu les réactions dramatiques que craignait Wallas. Il n'a même pas écouté à moitié le récit de son agent. Le chef était sur une nouvelle piste ; il s'agissait cette fois du prochain crime, celui de ce soir, qui doit avoir lieu dans la capitale — à ce qu'il pense, du moins.

Wallas commence à se faire la barbe. Il entend le rire de gorge de la papetière — agaçant plus que provocant.

— Il va falloir que j'aille…

« On s'acharne quelquefois à découvrir un meurtrier… » On s'acharne à découvrir le meurtrier, et le crime n'a pas été commis. On s'acharne à le découvrir… « … bien loin de soi, alors qu'on n'a qu'à tendre la main vers sa propre poitrine… » D'où sortent donc ces phrases ?

Ce n'est pas le rire de la papetière ; c'est d'en bas que vient le bruit — probablement de la salle de café.

HENRY BAUCHAU

Œdipe sur la route (1990)

(Actes Sud, « Babel »)

En choisissant d'écrire précisément sur l'errance d'Œdipe dans la période qui sépare Œdipe Roi *d'*Œdipe à Colone *de Sophocle, Henry Bauchau donne naissance à une nouvelle figure du mythe. Il écrit dans l'espace laissé vacant par Sophocle et le transforme en chemin initiatique pour son héros. Le réprouvé, mendiant en guenilles qui parcourt, accompagné d'Antigone et d'un nouveau compagnon d'infortune, Clios, les routes de la Grèce, se métamorphose, au gré de ses rencontres et de sa vie au grand air, en artiste complet. En accord avec la nature, il se fait d'abord sculpteur formidable, à l'écoute de la matière qu'il façonne et plie à sa vision intérieure d'artiste, puis devient poète chanteur, capable d'émouvoir les foules par la beauté saisissante de sa voix.*

Ce ne sont plus en effet les coups réguliers, le rythme patient, retenu qui est celui d'Œdipe. Ce sont des coups qui brisent et font voler la pierre par pans entiers et qui ne s'arrêtent pas. On croit entendre la mer elle-même qui n'a pas à ménager ses forces, ou l'orage qui se rue follement vers eux. On entend les grondements encore lointains du tonnerre et les premières gouttes commencent à tomber. L'ouragan se déchaîne, les vagues en bas se creusent, s'élèvent très haut et retombent en mugissant. Des rafales de pluie s'abattent sur eux en trombe, Antigone, effrayée, crie à Œdipe : « Remonte, remonte vite ! » Un grand rire triomphant s'élève auquel elle répond, à côté d'elle, celui de Clios qui exulte et crie entre deux coups de tonnerre : « La vague monte, elle monte. Il va la forcer, la plier ! » Œdipe se hisse sur une pointe de rocher où il se tient à cheval. Il travaille des deux mains avec des outils énormes. La pluie et les éclairs aveuglent Antigone, mais elle entend le bruit forcené du burin, de la masse et de la pierre fracassée. On dirait qu'un géant creuse et frappe la falaise. Clios rit et, en hurlant des messages, modifie sans cesse la tension de la corde. Le rire et les cris victorieux d'Œdipe lui répondent. Antigone est écrasée par une pluie torrentielle, le vent et le tumulte du tonnerre. Un éclair jaillit, elle pense que la foudre va frapper Œdipe, mais non, l'orage n'est pas encore à son paroxysme et elle tombe près du rivage sur un grand arbre qui prend feu.

Clios lui crie à l'oreille : « Il a réussi, la vague retombe ! » Elle est effrayée, elle ne comprend plus ce qui se passe, elle a froid dans ses vêtements trempés. Clios a rejeté presque tous les siens et, tout en manœuvrant la corde, il hurle de joie. Antigone se dit que l'orage et la mer ont déjà dû laver les vomissements d'Œdipe. Plus rien ne reste, plus rien ne restera de ce moment affreux qu'elle sera seule à connaître.

Un soleil mouillé projette quelques rayons à travers les nuages en fuite et déjà un autre grain se prépare. Le tonnerre gronde à nouveau, mais la pluie n'obscurcit plus son regard. Elle se penche, elle veut prévenir Œdipe. Sa tête aux yeux voilés et ses formidables épaules sont entourés d'étincelles. Il frappe la base du surplomb à coups redoublés, il en arrache de force la vague, il la courbe sous lui et la renvoie, furieuse, écumante, déferler dans la mer. Clios voit-il les mêmes choses qu'elle ?

Il n'en est pas effrayé, au contraire. Il est triomphant, jubilant et, lorsque Œdipe hurle de sa voix d'airain, il lui fait écho de toute la force de la sienne. Il se tourne vers elle, il la contraint à regarder, à comprendre, à soutenir, elle aussi, de sa violence l'acte qui a lieu là. Elle ne peut résister à son regard et elle répond par ses clameurs à celles qu'Œdipe ou Zeus profèrent avec la mer. Sibylle ou pythie, elle n'est plus qu'une voix qui arrache de son corps son cri le plus extrême tandis que lui ébranle la falaise, de ses outils divins et de l'inconcevable épaule.

(Chapitre V, « La Vague »)

Après cette confrontation à la puissance de la nature, Œdipe poursuit sa route, apaisé. Il trouve petit à petit comment se réconcilier avec soi-même et avec les dieux, découvrant en lui la voix merveilleuse de l'aède.

Quand il entre dans la lumière du feu et des torches, Narsès, Diotime et tous les convives se lèvent. Clios est frappé par la souffrance et la majesté de son visage. À la fin du repas, chacun attend quelque chose de grand et d'inattendu qui ne se produit pas. Diotime se penche vers Œdipe : « Nous n'avons plus d'aède, veux-tu chanter pour nous ce soir ? » À la grande surprise d'Antigone, il accepte et se lève. Diotime le conduit devant le feu et le fait monter sur une large meule de pierre d'où il domine un peu l'assemblée. Diotime s'assied sur la meule et Antigone se pose, angoissée, à côté d'elle.

Œdipe tourne d'abord sur place, avec les mouvements lourds dont, le soir, il accompagne parfois les danses de Clios. Il tente, avec un effort énorme, de chanter. Il ne sort de ses lèvres que des sons confus, un râle sans rythme et sans paroles. Antigone a le sentiment de le voir se noyer très lentement. Diotime se lève, elle fait face à Œdipe et lui dit : « Souviens-toi que tu es un Clairchantant. » Il cesse de s'efforcer, il vide ses poumons, il les emplit d'air et un son, celui que l'on attendait et que pourtant on n'avait jamais entendu, s'élève et plane dans l'air du soir. La voix d'Œdipe atteint le corps qu'elle émeut, elle soulève l'esprit qui exulte en pressentant ce qu'elle lui signifie. Lorsqu'elle redescend vers le cœur, on découvre qu'elle est l'inspiration, l'exploration des mystères, des trésors encore dormants dans la mémoire.

La voix d'Œdipe n'était pas, comme on le croyait, faite pour commander ou deviner des énigmes. Avec surprise, avec bonheur, Antigone et tous ceux qui l'écoutent s'aperçoivent qu'elle était depuis toujours prédestinée au chant.

Quand Œdipe s'arrête, l'assemblée reprend son souffle. Les voix s'élèvent, les coupes circulent et Diotime en se penchant vers Antigone lui dit : « Nous avons trouvé notre aède. »

(Chapitre VI)

DIDIER LAMAISON

Œdipe roi (1994)

(Gallimard, « Folio policier »)

Didier Lamaison ne change rien au mythe tel qu'il se trouve chez Sophocle, mais il l'enrichit de beaucoup de détails et de personnages, en le faisant passer du théâtre au roman, et plus particulièrement au roman policier. Son Œdipe roi *devient une enquête minutieuse sur le meurtre de Laïos, dirigée par Œdipe. Il recherche les mobiles, les preuves, les indices, interroge la mémoire de chacun, mobilise ses propres souvenirs, convoque des témoins oubliés, et va jusqu'à fouiller la bibliothèque de Thèbes, à la recherche de réponses à ses questions, et interroger Ténéros, un vieux prêtre qui possède la science des mythes.*

La bibliothèque du palais de Cadmos était justement réputée. Le temps y avait accumulé une immense quantité de volumes : pharmacopées, cartes de géographie, recueils de lois, abrégés de mathématique, généalogies, manuels d'architecture. Mais le savoir fondamental était ailleurs. Seule la mémoire des anciens conservait la connaissance la plus précieuse, celle de l'homme et des dieux : la mythologie. Très souvent, le savoir mythologique portait une vénérable barbe blanche. À Thèbes, c'était la barbe de Tirésias, ou celle du vieux prêtre Ténéros. Mais si le savoir de Tirésias semblait conquis sur les ténèbres, celui de Ténéros s'exposait sereinement en pleine lumière. C'était lui qu'attendait Œdipe, dans la bibliothèque.

— Aucun des volumes que tu vois ne renferme ce que je recherche. C'est pourquoi je t'ai fait venir, honorable Ténéros !

— Si j'avais la moindre information sur la mort de Laïos, j'aurais obéi depuis longtemps à l'édit royal.

— Je te crois, Ténéros. Néanmoins tu vas m'être utile.

Ténéros eut un geste d'impuissance :

— Utile ? Un cheval l'est au voyageur, ou une bonne paire de sandales... Mon savoir n'est rien d'utile.

— Je suis bien chaussé, Ténéros, et mes chevaux ne craignent pas les courses lointaines. Mais j'ai perdu mon chemin.

— Je ne puis vous enseigner que celui des autres.

— Enseigne-moi la route qu'ont suivie ceux auxquels on a prédit qu'ils tueraient leur père et coucheraient avec leur mère.

La main de Ténéros chercha la réponse dans l'épaisseur de sa barbe. Il hocha la tête et répondit enfin :

— Entre parents et enfants, bien des voies funestes ont été frayées, mais pas celle-là. Vous devez vous tromper.

— Un fils assassin de son père, tu n'en connais pas d'exemple ?

— Demandez-moi plutôt de vous citer les pères assassins de leurs fils, je serais moins embarrassé, nous n'en manquons pas ! À commencer par notre malheureux Héraclès.

— Mais lui, c'est dans un accès de folie qu'il a tué ses enfants... Encore une victime de la colère d'Héra ! Elle le poursuivait depuis sa naissance !

— Soit ! Un autre exemple alors. Que diriez-vous de Cronos, le père des dieux, qui avala méthodiquement ses enfants à mesure qu'ils naissaient, parce qu'on lui avait prédit que l'un d'eux le détrônerait ? Belle lucidité ! Et qui fit des émules ! L'exemple de Cronos libéra l'appétit de Tantale, d'Atrée, de Lycaon, d'Harpalycé, de Crotope, de Polycrite, et autres ogres : on dirait que certains pères n'engendrent que pour se remplir l'estomac.

— On rapporte que Laïos lui-même…

— Oui, Laïos a fait mourir son unique fils. Les pères sont de terribles prédateurs. Mais les mères ne font pas mieux.

— La légende sanglante de Lamia a terrorisé mon enfance.

— Lamia, oui… Mais Lamia était un monstre, un vrai monstre. Alors que tant de jeunes mamans apparemment si douces…

Le vieillard s'interrompit, songeur.

— Les mères, murmura-t-il enfin, se réservent le privilège plus sournois d'exposer leur enfant.

— Tout de même, elles leur laissent une petite chance !

— En sont-elles plus innocentes ? Comme si elles ne donnaient la vie que pour s'accorder l'avantage de la prendre !

Œdipe répugnait à ramener la conversation sur sa mère. Depuis dix ans, tout ce qui lui rappelait Mérope l'effrayait. Il n'osait pas même se souvenir de ses traits. La honte aussitôt le submergeait. Et la terreur, à l'idée de l'inceste ! Si pure, cette enfance auprès de cette mère… ce qu'il y a de plus pur au monde…

Ses compatriotes appelaient Œdipe pour succéder à son père. Aurait-il la force d'affronter de nouveau le regard de Mérope ? Il avait espéré puiser ce courage auprès de Ténéros. Mais il le sentait bien maintenant, quoi que Ténéros vînt à lui révéler sur l'inceste, sa décision était prise : jamais il ne rentrerait à Corinthe du vivant de sa mère.

Alors Ténéros enseigna au roi que la mythologie ne peut servir de caution à toutes les perversités :

— La mythologie est riche, extraordinairement riche. Mais on ne peut lui faire dire n'importe quoi. Des relations coupables entre une mère et un fils, vous aurez beau faire :

vous n'en trouverez pas. On dit que toutes les monstruosités sont dans la nature : peut-être ! Mais pas dans la mythologie. Oh ! Bien sûr, il y a bien quelques situations accidentelles, çà et là, qui ont pour résultat fortuit un malheureux inceste. Mais enfin, on ne peut fonder une vérité générale sur des quiproquos...

Du tableau

aux textes

Agnès Verlet

Du tableau aux textes

Œdipe et le Sphinx, d'après Ingres
de Francis Bacon
(1909-1992)

... Œdipe est un personnage moderne, un sportif à la musculature saillante...

Dans le mythe grec, Œdipe, en répondant à la question du sphinx, risque sa vie en héros, et par sa victoire, il délivre la ville de Thèbes d'un monstre qui dévorait les jeunes gens. Cet épisode où il affronte le fléau qui ravage la ville est donc une scène dramatique qui ne figure pourtant pas dans le théâtre de Sophocle. Elle est seulement racontée comme un moment de gloire qui vaut au vainqueur son règne sur la cité et son mariage avec la reine Jocaste. L'affrontement entre Œdipe et le sphinx est, en revanche, souvent représenté sur la céramique antique, et la peinture occidentale en a fait un motif récurrent du répertoire académique aussi bien que moderne. Hanté par les grands mythes de l'humanité, grand lecteur du théâtre de Shakespeare et surtout de celui d'Eschyle (qui lui fait regretter de ne pas avoir appris le grec ancien), le peintre irlandais Francis Bacon s'inspira librement du mythe d'Œdipe et exécuta, en 1983, un tableau intitulé *Œdipe et le Sphinx, d'après Ingres.* C'est à une violente confrontation des deux protagonistes que nous invite le peintre dans cette toile de grande taille (198 × 147,5 cm) où, malgré le titre explicite, les références à la mythologie sont discrètes, hormis la silhouette monstrueuse du sphinx, ou plutôt de la sphinge, au buste de femme ailée, appuyée sur des pattes de chèvre. Face à cette figure posée comme une statue sur un socle, celui que le titre désigne comme Œdipe est un personnage moderne, un sportif à la musculature saillante, un lutteur vêtu d'un short gris et d'un maillot blanc. Mais (et c'est une autre allusion mythologique) ce personnage est blessé et, de même que l'Œdipe légendaire, il est blessé au pied, blessure que corroborent l'étymologie de son nom et l'histoire de sa naissance. Son pied, sa cheville et son mollet sont entourés d'un épais bandage, presque un plâtre, taché par le sang qui gicle en deux endroits.

... une nouvelle forme de réalisme...

Sans se soucier de la tendance à l'abstraction qui dominait l'art de l'immédiat après-guerre et le détournait de toute représentation figurative, Bacon se lança au contraire, à partir des années 1950, dans une nouvelle forme de réalisme, dont la figure humaine, fût-elle torturée, est le centre. Bien plus, il puisa dans la peinture de ses prédécesseurs, non des sujets ni des techniques, mais des formes qu'il reprit et réinterpréta, telle la série des papes, à partir du tableau de Vélasquez représentant le pape Innocent X, qu'il considérait comme le plus beau portrait de l'histoire de la peinture. C'est à une véritable relecture du mythe qu'il procède avec son *Œdipe* peint *d'après Ingres,* comme le précise le titre, en s'inspirant du tableau exposé au Louvre, *Œdipe et le sphinx,* qu'Ingres exécuta à Rome en 1808 et qui fut exposé au Salon de 1827. Le tableau de Bacon a sensiblement le même format que celui d'Ingres (189 × 144 cm) dont il reprend la structure, en opposant les deux protagonistes face à face, le monstre se présentant sur le côté gauche de la toile, tandis qu'Œdipe, plus centré et plus interrogatif chez Ingres, se trouve ici complètement déporté à l'avant-plan droit du tableau. Car pour Ingres, soucieux des critères académiques en vigueur en son temps où prévalaient le goût de l'antique et le style néoclassique, le genre mythologique était prétexte à représenter des figures de nus, idéalisés selon les canons de la statuaire grecque, mais dont la seule nudité eût heurté le bon goût si elle n'avait été justifiée par une référence à l'histoire. La figure centrale est donc Œdipe dont le corps dévêtu domine le spectateur de sa beauté, alors que chez Bacon, ce qui est mis en évidence n'est pas la beauté, mais l'horreur de la blessure : le pied blessé du lutteur est exhibé sur un support, au centre de la toile, tandis que son corps déformé, repoussé au bord extrême du cadre, se trouve à hauteur de regard, de plain-pied avec le spectateur dont il a à peu près la taille.

... Le déséquilibre est particulièrement sensible...

Bacon dramatise l'effet produit par ses figures en les mettant en scène dans un espace théâtralisé. Qu'il fasse un portrait, un autoportrait ou qu'il peigne une figure en mouvement, il l'isole dans un espace coloré, « pour mieux le voir », dit-il ; ainsi le pape dans un cube en verre, les lutteurs sur un lit ou les combattants dans une arène. Ici, la composition du tableau ouvre un lieu théâtral, très nettement marqué par les lignes droites et des couleurs contrastées qui délimitent des plans nets, soulignés par un trait brun ou noir. Le sol est d'un beige presque uniforme, habituel sous le pinceau du peintre, qui s'éclaircit légèrement jusqu'à deux panneaux roses s'ouvrant comme des rideaux de scène. Au-delà de l'épaisse barre horizontale, le regard s'abîme dans une autre scène, d'un noir profond. Pourtant, malgré l'illusion de perspective, les deux panneaux rose vif qui encadrent ce fond noir ne sont pas parallèles et leur verticalité oblique, croisant l'horizontalité du seuil, donne à l'espace quelque chose de chaotique. Le panneau brun, dont le bouton de serrure signifie que c'est une porte, est dans un équilibre instable, de même que le cube surélevé aux arêtes abruptes sur lequel se dresse le sphinx. Le déséquilibre est particulièrement sensible, au centre du tableau, par la présence, à l'avant-plan, d'un meuble renversé, un genre d'étagère mal ajustée sur laquelle repose, de façon hasardeuse, le pied sanguinolent d'Œdipe, fixé à une planchette. L'équilibre instable de ce support est souligné par les fines lignes diagonales qui en brisent la verticalité, et plus encore par la distorsion du corps d'Œdipe auquel cette position précaire impose un écartement des jambes extrême. Comme souvent chez Bacon, les plans colorés qui construisent ce volume aux lignes incertaines sont traversés par des cercles dont la fonction est de mettre en évidence un point du tableau, tout en dispersant le regard de l'un à l'autre. À l'avant-plan, une ligne circulaire d'un bleu plus ou moins foncé entoure le pied bandé d'Œdipe, désignant sa blessure, tandis qu'un autre cercle, plus finement dessiné de noir, donne du relief à la musculature de son bras et à sa posture de sportif : malgré son pied blessé, cet Œdipe, dont le visage fermé et concentré se détache violemment sur le fond rose, est un lutteur qui bande ses forces pour vaincre. À l'arrière-plan, sur le fond noir, une forme flottante et non moins sanguinolente, morceau de chair, corps mutilé, cœur sanglant percé d'une flèche (qui le donne à voir tout en le transperçant), est elle-même auréolée de trois lignes circulaires blanches, tandis qu'une ligne transversale, pas tout à fait horizontale, sépare un espace d'un noir profond d'un autre espace noir, d'une matité de glace.

... L'étrangeté de la sphinge...

Si, malgré la profondeur du champ, le déséquilibre des lignes impose au regard une vision erratique, la netteté des plans colorés délimite les espaces et isole les formes avec un certain tranchant. Le traitement de la couleur, sans jeux de lumière ni ombres portées, accentue cette âpreté et confirme le malaise que suscite la déstructuration de la perspective : les grandes surfaces colorées, peintes à l'huile, en à-plat, séparées par des lignes soulignées d'un trait noir, construisent un espace instable, qui heurte celui qui regarde la toile. Le rose vif des deux panneaux constitue un fond sur lequel les deux figures antagonistes se détachent intensément. Souvent, Bacon campe ainsi une figure sur un fond de couleur vive, mate ou noire, l'outrance des tons crus l'isolant parfois plus encore que le noir. Mais ici, les tons entrent en contraste, en dissonance, même, puisque, utilisant peu les effets de luminosité, le peintre joue sur les tonalités d'une palette volontairement limitée : les variations sur les roses et les bruns sont interrompues par la présence du noir, qui fait irruption, violemment, au centre de la toile. Mais c'est dans le traitement des roses, plus ou moins associés au beige, au gris, voire au rouge, que le peintre réalise les mélanges les plus subtils. L'étrangeté de la sphinge vient de sa polymorphie et de son visage à peine esquissé, au regard fixe, aux épaisses lèvres rougies, aux cheveux lissés autour de la tête, mais aussi de sa carnation marbrée, d'un rose mêlé de blanc rouge. Avec son buste dressé et ses seins proéminents, son corps en appui très ferme sur les pattes, le déploiement de ses ailes, c'est une créature ambivalente dont on ne saurait dire si c'est un animal ou un humain, un homme ou une femme, un être animé ou une statue. Elle tourne vers nous (et non vers Œdipe) sa face aux traits accusés mais évanescents, nous dominant de son allure impérieuse, tandis que son corps monstrueux aux jointures et aux contours très nettement dessinés de rouge bistré présente de profil une surface lisse et marmoréenne. Sa joue droite est creusée d'un trou, une forme ovoïde et béante qui, dans certains portraits et autoportraits de Bacon, transperce le visage, comme s'il résumait toutes les ouvertures du corps. Toujours, Bacon s'est intéressé à la bouche, « boule à cris » selon Antonin Artaud, qu'il aurait voulu peindre avec la diversité et la poésie d'un paysage de Claude Monet. La bouche de la sphinge est celle de la dévoration, mais aussi de la question décisive.

… le corps en mouvement subit des déformations…

Quant à Œdipe, c'est un lutteur, un de ceux dont Bacon s'est plu à observer le mouvement décomposé sur les planches photographiques de Muybridge (1830-1904). Le peintre qui, même quand il s'agit de portraits ou d'autoportraits, préfère travailler sur des photos plutôt qu'avec des modèles vivants, saisit l'intensité de la déformation que le mouvement fait subir au corps. Le corps-à-corps des hommes, dans un enlacement de combat, d'emprise, d'érotisme, intéresse l'artiste, pour la sensation de présence incarnée qu'il suscite. Bacon fit d'ailleurs scandale, en 1953, avec ses lutteurs sur un lit, qui évoluent dans la même arène que les combattants de ses corridas. Ici, c'est la mise en espace du corps d'Œdipe qui choque le regard. La carnation de ce corps musclé est étonnamment claire, d'un beige rosé, presque blême, mêlé d'un gris cendré ; les muscles saillants de sa cuisse droite et de son bras gauche sont donnés à voir, dans le cercle noir qui les encadre. Sa tête au crâne rasé surgit, noire, du maillot blanc, posée sur un cou massif, qui la fait paraître étrangement petite : le corps en mouvement subit des déformations que la vision accentue. Peintre de la figure humaine, Bacon cherche jusqu'à l'horreur la sensation et l'émotion fortes qui surgissent d'une telle déformation. Le visage d'Œdipe, avec sa tête inclinée, son oreille rose, son regard tendu vers son pied blessé, est celui d'un homme. Pourtant, cette tête dont les yeux ne sont qu'une fente, le nez et la bouche à peine visibles, la joue percée d'un éclat lumineux, le menton abruptement coupé comme un disque d'acier, montre une dureté et une étrangeté quelque peu inquiétantes. Mais ce combat est-il celui d'Œdipe et de la sphinge ? Contrairement au tableau d'Ingres où les deux protagonistes se défient face à face, ces deux-là s'esquivent, ne se regardent pas frontalement, mais dans une oblicité que le peintre souligne : si l'on prolonge la ligne qui part de chacun de leurs regards respectifs, les droites convergent sur le pied blessé d'Œdipe, la flexion de sa jambe indiquant très exactement la direction de son regard. De cet homme au corps de lutteur la double blessure du pied ensanglanté est plus et autre chose que celle de l'enfant abandonné, exposé. Ou plutôt, elle est cela aussi, si cette exposition de l'enfant est l'image de la condition humaine, à laquelle Francis Bacon attribue un caractère tragique.

… une violence qui est celle de l'affrontement de l'humain à son destin, à sa chair, à son corps vivant mais voué à la mort…

Dans toute son œuvre, le peintre irlandais représente jusqu'à l'horreur la beauté tragique de ces figures d'homme blessé, souffrant, vomissant, exhibé seul dans un espace vide, une cage en verre, un lit hostile : corps convulsés ou troués, membres rétractés et tordus, visages creusés, bouches hurlantes, crânes fracassés. Une des images mythiques les plus fortes, selon Bacon, est celle de la Crucifixion, l'homme crucifié étant, pour lui, comparable à un bœuf écorché sur un étal de boucher, car, confie-t-il à David Sylvester : « c'est sûr, nous sommes de la viande, nous sommes des carcasses en puissance ». Par la représentation de la blessure sanglante d'Œdipe, à l'avant-plan central du tableau, le peintre, qui refuse toute lecture anecdotique de ses œuvres, nous confronte à une violence qui est celle de l'affrontement de l'humain à son destin, à sa chair, à son corps vivant mais voué à la mort, habité par la mort. Car si la blessure renvoie à une antériorité de l'histoire du héros, la forme qui flotte sur le fond noir anticipe les conséquences de son combat avec la sphinge, à moins qu'elle ne représente les victimes du monstre. Malgré son goût néoclassique, Ingres, en son siècle, avait choqué la bienséance en représentant, sous la sphinge, des fragments de membres et des ossements, qui témoignaient de sa sauvagerie. Dans le tableau de Bacon, la forme sanglante qui se détache du fond noir peut illustrer cet épisode, bien que le peintre se défie de toute illustration. Cette apparition brutale s'impose au regard, rouge et blanche sur le fond noir, morceau de corps sanguinolent ou cœur arraché, celui du héros, ou le nôtre, ou celui de tout homme. La menace de mort au plein cœur de la vie, qui est pour Bacon le tragique inhérent à la condition humaine, il faut en appeler au mythe pour en dire quelque chose. Le peintre en donne la sensation par les formes indécises qui flottent sur le fond de ses toiles : oiseau de proie figurant les Érinyes, vautour dévorant le foie de Prométhée, parapluie noir retourné, ces figures sont les images, pourtant irreprésentables, de la mort au travail. Blessure d'Œdipe ou cœur sanglant qu'expriment, pour le peintre, ces giclures de peinture rouge qui éclaboussent, violemment, le blanc et le noir de la toile.

Les textes

en perspective

Sophie-Aude Picon

Mouvement littéraire

Mythe et littérature

LE MYTHE EST UN RÉCIT IMAGINAIRE d'événements passés, transmis par une tradition orale, qui met en jeu le surnaturel ou l'irrationnel et qui n'a pas d'auteur connu. Ce n'est pas une fiction, puisqu'il est tenu pour vrai par ceux auxquels il s'adresse, et il propose une vision de la société qui l'a fait naître se chargeant donc d'une portée symbolique ou d'une valeur morale. Sa structure narrative est articulée en discours, sans pour autant dépendre de la langue qui le transmet. Le mythe peut donc voyager d'une langue à une autre, d'une culture à une autre. C'est sa substance, la fable, qui compte pour les auditeurs ou les lecteurs. Par ailleurs, l'irruption du sacré ou du merveilleux dans la matière mythique permet de mettre en relief l'opposition ou la conjonction entre temps humain et temps divin. Le mythe de Romulus et Remus raconte la fondation de Rome, celui de Prométhée le don du feu à l'homme qui lui donne accès à la technique, de Sisyphe l'absurdité d'une punition éternelle, d'Orphée la puissance de la musique capable de ramener les morts à la vie, à condition de ne pas regarder sa bien-aimée avant d'être sorti de l'autre monde… Qu'est-ce que nous raconte le mythe d'Œdipe ?

1.

Le mythe d'Œdipe

Les éléments de l'histoire d'Œdipe se sont propagés oralement ou par l'intermédiaire de textes qui ont disparu. On sait que deux épopées, *L'Œdipodie* et *La Thébaïde*, retraçaient la vie d'Œdipe, mais seuls nous sont parvenus quelques fragments épars, qui mentionnent la Sphinx, ce monstre qui dévore les Thébains incapables de trouver la solution de l'énigme. Avant les tragiques grecs, la légende d'Œdipe est celle d'un enfant exposé puis trouvé qui tue son père et épouse sa mère sans savoir qu'il est en train de transgresser ces interdits fondamentaux. C'est d'abord un mythe d'avènement royal. Dans l'*Odyssée* d'Homère figure le premier passage évoquant l'histoire d'Œdipe. Au chant XI, Ulysse convoque les morts parce qu'il veut consulter Tirésias. Après lui avoir parlé, il rencontre Épicaste, autre nom de l'épouse de Laïos, et il raconte son histoire (*Odyssée*, chant XI, trad. Ph. Jaccottet, La Découverte) :

> «Je vis, mère d'Œdipe, Épicaste la belle,
> qui commit une action monstrueuse sans le savoir,
> en épousant son fils ; lui, ayant fait périr son père,
> l'épousa ; mais bientôt les dieux en instruisaient le monde.
> Alors, dans les tourments, à Thèbes la charmante,
> Il dut régner par le décret fatal des dieux ;
> Sa mère descendit dans la forte prison d'Hadès
> Quand elle eut attaché l'abrupt lacet au plafond haut,
> Accablée de chagrin. Pour tout héritage, son fils
> Eut les tourments sans fin que déchaînent les Érinyes. »

Au chant XXIII de l'*Iliade*, les funérailles d'Œdipe donnent lieu à de grandes festivités dans la ville de Thèbes : chez Homère, si Épicaste s'est tuée, Œdipe a continué de régner sur Thèbes après avoir découvert son crime.

Le poète Pindare, au début du Ve siècle avant J.-C., fait le lien entre les trois générations de Labdacides dans sa deuxième Olympique (trad. A. Perrault-Maynand) : « Un fils, poussé par le Destin, rencontre et tue Laïus, et, parricide involontaire, accomplit l'antique et fatal oracle d'Apollon. Mais l'œil perçant d'Erynnis l'a vu. Elle arme ses deux fils du glaive de la vengeance, et leurs mains fratricides se lavent dans leur propre sang ! »

Mais Eschyle et Sophocle vont faire d'Œdipe un aveuglé volontaire et un exilé, ajoutant au mythe sa couleur tragique. On sait qu'Eschyle a composé une tétralogie consacrée au mythe d'Œdipe ; seule *Les Sept contre Thèbes* nous est parvenue. Dans les paroles du Chœur, quelques passages font allusion à Œdipe, à la « transgression » de Laïos, qui a persisté et s'est transmise « à la troisième génération », celle donc d'Étéocle et Polynice, les frères ennemis irréconciliables, en guerre pour le trône de Thèbes.

Euripide a également écrit à partir du mythe d'Œdipe, mais nous ne connaissons que *Les Phéniciennes*, tragédie dans laquelle Jocaste est toujours vivante.

2.

Petite généalogie d'Œdipe

Cadmos part à la recherche de sa sœur, Europe, enlevée par Zeus déguisé en taureau. Obéissant à l'oracle de Delphes, il fonde la ville de Thèbes à l'endroit où s'arrête la première vache qu'il rencontre. Mais ce territoire est celui d'un dragon que Cadmos doit combattre. Athéna, la déesse de la Guerre, lui apparaît alors et lui conseille de semer les dents du dragon dans le sol. Là où les dents ont été semées, des guerriers en armes surgissent et commencent à s'entre-tuer. Cadmos épouse Harmonie, fille d'Arès et d'Aphrodite ; ils ont plusieurs enfants, dont Sémélé, qui sera la mère de Dionysos, et Polydoros, qui sera père de Labdacos, lui-même père de Laïos. Labdacos est le fondateur de la lignée maudite des Labdacides, dont descendent Laïos, Œdipe, Étéocle et Polynice.

Il y a un trait commun aux trois rois de la dynastie des Labdacides : ils ont tous un problème de marche, comme l'a relevé Claude Lévi-Strauss dans son *Anthropologie structurale*. Le roi Labdacos est boiteux, c'est ce que dit son nom : ses deux jambes n'étaient pas de même taille. Il meurt alors que son fils Laïos — dont le nom veut dire le maladroit — est très jeune. L'enfant est envoyé à la cour du roi Pélops, tandis que Thèbes est confiée à un régent. Pélops est père de trois fils, Atrée, Thyeste — leur rivalité les fige dans un autre mythe sanglant — mais aussi Chrysippe. Or, Laïos en grandissant tombe amoureux de ce dernier ; il l'enlève, l'agresse et le viole. Chrysippe se suicide de honte. Pélops maudit alors Laïos dans le fils qui lui naîtra, condamnant toute la lignée des Labdacides.

Le nom d'Œdipe signifie en grec « pied enflé », que l'enfant soit né avec une déformation ou qu'on lui ait percé les pieds d'une tige pour pouvoir plus facilement l'exposer dans la forêt. Il est remarquable que l'énigme du Sphinx porte justement sur une qualification de l'homme par sa démarche, alors que le nom des trois générations de Labdacides signale une locomotion anormale.

3.

Les épisodes du mythe

Le contenu du mythe se décompose en cinq épisodes fondamentaux.

1. *L'enfant exposé puis recueilli*

Laïos est le roi de Thèbes; sa femme, Jocaste, reste stérile. Laïos part donc consulter l'oracle d'Apollon qui lui prédit que s'il a un fils, celui-ci tuera son père et épousera sa mère. Or, après une nuit d'ivresse, un fils leur naît, qu'ils décident de faire mourir en l'exposant sur le mont Cithéron, croyant ainsi échapper à la prédiction de l'oracle. Dans la société grecque, les nouveau-nés infirmes étaient « exposés », c'est-à-dire abandonnés par leurs parents aux bêtes sauvages, boucs émissaires rendus aux dieux dont on supposait qu'ils manifestaient la colère. L'enfant est découvert et adopté par Polybe et sa femme Mérope, souverains de Corinthe, qui le font passer pour le leur et l'élèvent en fils de roi. Mais des bruits courent sur sa naissance et, devenu adulte, Œdipe part questionner Apollon sur son identité. L'oracle lui prédit qu'il tuera son père et épousera sa mère. Œdipe ne semble plus douter qu'il est le fils de Polybe puisqu'il fuit Corinthe pour partir dans la direction de Thèbes, croyant échapper ainsi à son destin.

2. *Le meurtre du père*

Parvenu à un carrefour, Œdipe croise le char de Laïos qui voyage sans escorte ni aucun signe de son statut royal. La voie est étroite, l'équipage ne le laisse pas passer, ils se prennent de querelle et Œdipe tue Laïos, sans savoir ni que c'est son père, ni même que c'est un roi. Si le parricide est le crime le plus odieux de tous pour les Grecs, il est atténué ici par le fait qu'il prend la forme d'une lutte pour le pouvoir entre un homme vieillissant et un jeune homme.

3. *La victoire sur la Sphinx*

Aux environs de Thèbes, Œdipe rencontre la Sphinx, un monstre féminin à la fois lionne, oiseau et serpent. Ce monstre femelle terrorise les Thébains en leur soumettant des énigmes insolubles. Tous ceux qui s'essayent à les résoudre finissent tués et mangés par elle. L'énigme est la suivante : « Qui marche à quatre pattes le matin, à deux pattes à midi et à trois le soir ? » Œdipe devine qu'elle parle de l'homme, il remporte la victoire et tue le monstre, délivrant la ville de Thèbes.

4. *L'inceste*

Arrivé à Thèbes, Œdipe découvre que la récompense promise au vainqueur de la Sphinx est la main de la reine, et donc le trône royal ; il prend donc la place de son père et entre dans le lit de sa mère, sans le savoir ni le vouloir. Quatre enfants leur naissent, deux fils, Étéocle et Polynice, et deux filles, Antigone et Ismène. Quand ces enfants atteignent l'âge adulte, une épidémie de peste se met à ravager la ville, ce qui est le signe d'un châtiment divin. L'oracle de Delphes est à nouveau consulté, il répond qu'il faut découvrir et punir le meurtrier de Laïos pour délivrer Thèbes de la peste. Œdipe mène l'enquête.

5. *Le châtiment*

Lorsqu'il découvre la vérité, à savoir qu'il a réalisé l'oracle en tuant son père et en épousant sa mère, Œdipe se crève les yeux, soit au moyen de l'agrafe de la robe de sa mère/épouse qui vient de se pendre, soit avec la même épée qui a tué son père et la Sphinx, soit en enfonçant ses doigts dans ses orbites pour s'en arracher les yeux. Le motif de ce châtiment sanglant apparaît tardivement, avec les tragiques qui transforment le mythe en tragédie. Il semble que, dans les récits antérieurs, il n'y avait ni jugement ni punition. D'ailleurs, chez Sophocle, le coryphée exprime son horreur et sa réprobation. Après s'être crevé les yeux, Œdipe prend la route et s'exile, guidé par Antigone. Devenu très vieux, il est l'objet d'un nouvel oracle qui annonce que sa dépouille apportera la prospérité à la cité qui l'accueillera. Il se dirige alors vers Colone, un des faubourgs d'Athènes, où il sera accueilli par le roi Thésée.

4.

Le modèle grec : Sophocle ou le mythe regardé par l'œil du citoyen

Sophocle naît à Colone en 496 ou 495 avant J.-C. et meurt à près de quatre-vingt-dix ans en 406 avant J.-C. Contemporain de la grandeur d'Athènes, il est le grand rival d'Eschyle (526-456 avant J.-C.) et d'Euripide (480-406 avant J.-C.). Auteur de plus d'une centaine de tragédies, dont seulement sept nous sont connues dans leur intégralité, il a remporté une vingtaine de victoires au concours des grandes Dionysies, qui voyait s'affronter les auteurs tragiques. Parmi ses œuvres, trois tragédies appartiennent au mythe thébain des Labdacides : *Antigone, Œdipe Roi* et *Œdipe à Colone.*

1. *Du mythe à la tragédie*

Dans la *Poétique* d'Aristote, *Œdipe Roi* est cité en exemple à de nombreuses reprises lorsqu'il s'agit de donner un modèle : « La reconnaissance, comme d'ailleurs le nom l'indique, est un passage de l'ignorance à la connaissance, amenant un passage ou bien de la haine à l'amitié ou bien de l'amitié à la haine chez les personnages destinés au bonheur ou au malheur. La plus belle reconnaissance est celle qui est accompagnée de péripétie, par exemple celle qu'on a dans *Œdipe.* » En inscrivant le mythe dans sa forme tragique, Sophocle lui donne une forme et fait des choix parmi les versions antérieures. À partir de Sophocle, la mère d'Œdipe s'appelle Jocaste, Œdipe consulte l'oracle d'Apollon avant de se rendre à Thèbes et, quand il apprend la vérité, il se crève les yeux puis part en exil avant de trouver le repos à Athènes — que Colone figure par métonymie.

L'originalité de Sophocle est qu'en faisant passer la matière du mythe de l'épopée à la tragédie, il lui donne une forme rétrospective. Au début de la pièce, tout a déjà eu lieu, la tragédie ne réside pas dans l'accomplissement par Œdipe de son destin, mais dans sa découverte, motivée par la calamité qui frappe Thèbes. La pièce de Sophocle est la tragédie par excellence parce qu'elle reste pure de toute fioriture : en resserrant et concentrant les épisodes sous le regard de l'enquête et en ordonnant la vie d'Œdipe par une nécessité logique, elle constitue sa vie en destin.

Le désir de savoir constitue le moteur d'Œdipe. Alors que tous pressent le roi de cesser son enquête sur le meurtre de Laïos, alors que le berger choisit de se taire, Œdipe veut savoir. Son nom dérive d'ailleurs du verbe savoir : *oîda* en grec veut dire « je sais ». Le héros vaincu triomphe de son destin en l'assumant, il conquiert sa liberté en accomplissant la fatalité qui le marque à la naissance. Refusant tous les compromis qui s'offrent à lui, Œdipe s'émancipe de son destin et le fait absolument sien. *Œdipe Roi* touche à la malédiction existentielle inséparable de la condition humaine : l'impossibilité de se connaître soi-même. Ce qui fascine les spectateurs n'est pas le contenu de cette histoire dont chacun connaît les tenants et les aboutissants, mais la progression implacable de la recherche de cette vérité transformée en quête d'identité. L'homme qui se découvre en interrogeant à la fois les dieux et les hommes est un homme énigmatique, à la fois coupable et innocent, sauveur de son peuple et souillure pour sa cité.

2. *Le substrat politique de la tragédie*

Mais la tragédie de Sophocle est aussi une tragédie politique. Au début d'*Œdipe Roi*, Thèbes est en proie à une épidémie de peste, sa fécondité est tarie, ce qui dans la culture grecque signifie qu'elle abrite un être néfaste qu'il faut expulser du corps social. Or un des rites de la ville d'Athènes était l'expulsion annuelle d'un bouc émissaire ou *pharmakos*. Recruté parmi les rebuts de la cité, ce malheureux était battu et chassé hors des murs de la ville, garantissant l'intégrité de celle-ci. Comment ne pas voir dans l'exil d'Œdipe l'image de l'expulsion de ce bouc émissaire qui peut stopper la peste et sauver la ville ? Mais *Œdipe Roi* fait également signe à un autre rite politique, l'ostracisme, qui consiste à bannir de la ville pour dix ans un citoyen manifestement supérieur aux autres, afin de garantir la ville du retour de la tyrannie. Et Œdipe tient à la fois des deux catégories, il est le savant, honoré à l'égal d'un dieu au début de la pièce, mais aussi le monstre, la souillure qui doit disparaître, il est à la fois au-dessus et au-dessous de ses semblables. La tragédie de Sophocle rend ainsi compte des deux risques politiques qu'encourt la démocratie athénienne et donne à voir comment s'en prémunir.

3. *Un sens métaphysique*

Enfin, l'histoire d'Œdipe est celle d'un retour à son lieu d'origine, au sens propre, qu'il s'agisse de la ville qui l'a vu naître ou du ventre qui l'avait enfanté et qui aurait dû lui être interdit. En prenant la place de son père, il sème le chaos dans l'ordre nécessaire des générations, devenant fils et époux de Jocaste, frère et père de ses enfants. Or c'est bien là aussi le sens caché de l'énigme que la Sphinx lui propose de résoudre. Celui qui est à la fois l'enfant qui marche à quatre pattes, l'homme adulte en équilibre sur ses deux jambes et le vieillard qui doit s'aider d'une canne pour se déplacer, c'est l'homme, certes, mais c'est surtout, dans une perspective synchronique, Œdipe lui-même, à la fois enfant, parce que frère de ses enfants, homme et vieillard qui a pris la place de son père. En résolvant l'énigme, Œdipe efface les frontières entre les générations et trace les limites de la condition humaine. Son savoir lui permet de délivrer Thèbes de la Sphinge monstrueuse mais l'expulse aussi hors de l'espèce humaine, comme si sa vie n'avait été qu'un simple jouet des dieux.

Dans *Œdipe à Colone*, tragédie posthume, Sophocle montre un vieillard parvenu au terme de sa vie qui ne quitte jamais la scène et passe de la figure du dépossédé à celle de l'élu. Le vieil homme au regard mort peut désormais rivaliser avec Tirésias et trouver sans aide le lieu de son tombeau. Mais, dans cette pièce, Sophocle pose une question qu'il n'avait pas abordée quarante ans plus tôt dans *Œdipe Roi*, celle de la culpabilité d'Œdipe. Dans quelle mesure, les dieux étant maîtres de la destinée des hommes, quoi qu'ils fassent pour y échapper, l'homme est-il libre ? Et donc, dans quelle mesure peut-il être déclaré coupable ? Dans *Œdipe à Colone* (voir p. 67), le temps a passé et Œdipe peut argumenter pour démontrer son innocence. Arrivé au terme de sa vie, lavé de sa culpabilité, il assume son destin et, par la gratuité de son malheur, sa mort à Colone prend une valeur d'apothéose.

5.

L'assimilation latine du mythe par Sénèque

Sénèque est né entre l'an 2 avant J.-C. et l'an 1 après J.-C., au sud de l'Espagne, second fils d'un père rhéteur, riche chevalier romain qui revient bientôt s'installer à Rome. Après une jeunesse agitée, qui lui vaut d'être envoyé en Corse par l'empereur Claude, il est rappelé à Rome par la nouvelle épouse de celui-ci,

Agrippine. Adepte du stoïcisme, il devient le précepteur du jeune Néron — fils d'Agrippine adopté par Claude —, pour lequel il compose nombre de discours. En sus de son rôle politique, il est philosophe, auteur de nombreux ouvrages d'inspiration stoïcienne, comme *De la brièveté de la vie*, mais aussi dramaturge. Huit tragédies complètes nous sont parvenues, sans qu'on sache quand elles ont été écrites, ni même si elles ont été jouées.

1. *De la tragédie grecque à la tragédie romaine*

La tragédie romaine résulte de la transposition, parfois même de la traduction de la tragédie grecque, et donc a pour sujet les histoires invraisemblables et monstrueuses tirées des mythes grecs. Florence Dupont a rendu clair le schéma structurel de la tragédie romaine qui se décompose en trois moments. Une situation initiale tragique et insupportable provoque la douleur — *dolor* — du héros, qui l'emplit d'une fureur plus proche de la folie que de la colère — *furor* —, au point de le pousser à commettre un crime abominable et extraordinaire qui ne peut être expié — *nefas*. Dans l'*Œdipe* de Sénèque, le *nefas*, c'est-à-dire le parricide et l'inceste, a été commis avant que ne commence la pièce. Dès le prologue, Œdipe est la proie d'une prémonition confuse et dit sa terreur de commettre ce que l'oracle de Delphes lui a annoncé. L'ordre des trois émotions caractéristiques de la tragédie latine est donc un peu bouleversé : si c'est bien la douleur qui habite d'abord le héros, la fureur ne vient qu'après qu'il a appris qu'il avait déjà accompli le crime abominable sans le savoir, et c'est elle qui le pousse à se crever les yeux pour se donner le visage du monstre qu'il est, se déclarant à lui-même : « Œdipe, tu as maintenant ton vrai visage. »

Pour les Romains qui ne vivent pas en démocratie, la motivation politique de l'*Œdipe Roi* de Sophocle n'a pas de sens, le rituel archaïque de l'expulsion d'un bouc émissaire ne voudrait rien dire. Alors que Sophocle débute sa pièce sur un personnage serein en plein exercice de son pouvoir, Sénèque nous montre un roi tremblant, écrasé de peur, se pressentant coupable de l'horreur qui ravage sa ville. La tragédie s'ouvre sur une tension maximale, au paroxysme de la terreur du roi qui, au milieu de la peste qui ravage sa cité, se met à gémir et à prier.

2. *Les apports strictement latins*

Les altérations que Sénèque fait subir au mythe témoignent de l'assimilation de celui-ci par la culture latine. L'importance du sacrifice dans la vie religieuse de l'Empire romain explique sa présence dans de nombreuses tragédies latines : ici, il permet à l'haruspice Tirésias de déchiffrer l'état du monde. Le sacrifice du taureau blanc et de la génisse l'avertit que la normalité a été contaminée par le monstrueux, par le « contre nature ». Les entrailles corrompues des animaux sacrifiés à la scène 4 répètent la même chose que le tableau apocalyptique de la peste où Œdipe voit les parents porter leurs enfants morts. La scène de nécromancie qui suit, si elle appartient à la tradition poétique latine, se rattache également à la tradition grecque. La première *nekuia* de notre littérature est le rituel accompli par Ulysse au chant XI de l'*Odyssée*. Le fantôme de Laïos sanglant et hurlant à la scène 5 délivre le même message que les entrailles des animaux :

> « Maison de Cadmos
> Tu as la folie du sang
> Maison de Cadmos
> Tu as la passion de la mort
> Ton rire jaillit au milieu des massacres
> Tes fêtes de famille sont tes enterrements »

L'énucléation extrêmement violente d'Œdipe est racontée par un serviteur, comme chez Sophocle. Cette mutilation signifie dans l'Antiquité autant le refus de voir que celui d'être vu, comme dans le monde enfantin où l'on croit devenir invisible en se voilant les yeux. Il accomplit sa destinée en se faisant le visage du monstre qu'il est, mais il disparaît aussi par ce geste, sortant à la fois du spectacle et du spectaculaire en une image qui fige le personnage pour l'éternité dans un masque sanglant. Enfin, Sénèque inverse à la fois la chronologie et les modalités de la catastrophe finale : après le retour d'Œdipe, Jocaste reparaît sur scène, hors d'elle, habitée par la fureur tragique, pour l'apostropher, sans plus savoir comment elle doit s'adresser à lui, et lui demander la mort. Elle finit par s'emparer de son épée pour se suicider sur scène aux pieds de son fils et époux. La dernière image de la tragédie est celle d'Œdipe titubant, partant vers le Cithéron en tâtant le sol pour ne pas se prendre les pieds dans le corps de sa mère/épouse qui gît sur le sol.

La réécriture du mythe par Sénèque n'est donc pas vraiment une traduction, mais plutôt une adaptation du mythe à la culture latine. Il ne s'agit plus de montrer, comme chez Sophocle, la chute d'un roi du plus haut de sa grandeur, mais la métamorphose d'un homme en monstre, en déclinant toutes les ressources du spectaculaire théâtral.

Pour aller plus loin…

ARISTOTE, *Poétique* (trad. J. Hardy), Éditions Gallimard, « Tel », 1996.

Florence DUPONT, *Le théâtre latin*, Armand Colin, 1988 ; *Les monstres de Sénèque, Pour une dramaturgie de la tragédie romaine*, Belin, 1995.

Jacques SCHERER, *Dramaturgies d'Œdipe*, PUF, 1987.

Jean-Pierre VERNANT et Pierre VIDAL-NAQUET, *Œdipe et ses mythes*, Complexe, 2006 ; *Mythe et tragédie en Grèce ancienne*, tomes I et II, Éditions La Découverte, 2001.

Genre et registre

Du théâtre au roman, les avatars d'Œdipe

LE MYTHE D'ŒDIPE S'OFFRE À DE NOMBREUSES LECTURES possibles, insistant sur sa dimension humaine, politique ou religieuse, en fonction de l'époque et de la société de ceux qui le récrivent, mais aussi du genre dans lequel il est transposé. S'il a longtemps été un sujet de choix pour les auteurs dramatiques, ce n'est pas un sujet limité au théâtre et à la poésie, les auteurs de romans vont aussi s'en emparer, avec la liberté que donne ce genre littéraire. Tout en restant fidèle au mythe, chaque auteur l'investit de ses préoccupations et l'enrichit de ses images, lui permettant de résonner avec son époque.

1.

Œdipe et la tragédie classique : Corneille et Voltaire

Il est intéressant de faire un parallèle entre l'*Œdipe* de Corneille (1659) et celui de Voltaire (1719). Écrits à soixante ans de distance, l'un par un auteur confirmé qui sort d'un silence de sept ans, l'autre par un tout jeune homme dont c'est la première tragédie, ces deux pièces présentent des similitudes frappantes. La tragédie classique est en effet régie par des règles auxquelles nos deux auteurs doivent se plier. Outre les trois unités, de temps, lieu et action, bienséance et vraisemblance sont de mise. Comment transposer la matière mythique de la tragédie antique à la tragédie classique quand la bienséance interdit de présenter sur scène un Œdipe sanglant ? Par ailleurs, Corneille et Voltaire trouvent l'intrigue un peu mince pour nourrir cinq actes, chacun lui adjoint donc une intrigue amoureuse.

1. *Corneille, une pièce politique*

Corneille imagine un couple d'amoureux un peu invraisemblable : Dircé, fille de Jocaste et Laïos, considère Œdipe comme un usurpateur ; elle est amoureuse de Thésée, souverain d'Athènes, auquel Œdipe refuse de l'unir pour des raisons politiques. Œdipe et Thésée incarnent deux figures antithétiques du pouvoir, l'un tyrannique et absolu, illustrant l'arbitraire royal, l'autre généreux et chevaleresque, image d'un souverain modèle. Cette symétrie renforce la structure du mythe en ajoutant une seconde opposition structurante à celle déjà constituée par Œdipe et Tirésias (voir Corneille, pp. 88-91). En outre, Corneille remanie les oracles et les rend suffisamment ambigus pour lancer des fausses pistes : Dircé croit d'abord que c'est sa vie qui doit être sacrifiée pour sauver Thèbes (II, 3), tandis que Thésée peut penser qu'il est le fils perdu de Laïus et de Jocaste (III, 5).

Corneille affirme aussi la liberté de l'homme, par la bouche de Thésée, à la scène 5 de l'acte III, lors de sa confrontation avec Jocaste (v. 1149-1170). À la fin de sa tirade, il conclut :

> « Le Ciel, juste à punir, juste à récompenser,
> Pour rendre aux actions leur peine ou leur salaire,
> Doit nous offrir son aide, et puis nous laisser faire. »

En 1659, Pascal vient de publier *Les Provinciales*, par lesquelles il développe la doctrine de saint Augustin : la grâce divine est ce qui sauve les hommes et les tient éloignés du péché, à condition que leur libre arbitre ne les incite pas à s'éloigner de Dieu. La doctrine janséniste met en avant le rôle du péché originel et de la prédestination dans la destinée de l'homme. Les jésuites, au contraire, croient en la liberté de l'homme, qui ne peut être sauvé simplement par la grâce de Dieu, mais par ses actes et l'exercice de son libre arbitre, en conformité avec la loi morale. Les paroles de Thésée sont donc un écho direct à la querelle contemporaine de l'écriture d'*Œdipe* entre jansénistes et jésuites et elles s'inscrivent très clairement dans la perspective jésuite. Corneille suit ici de près l'actualité.

Mais la tragédie de Corneille est avant tout une tragédie politique. D'abord, le dramaturge rend Œdipe un peu coupable, puisqu'il est difficile de présenter à la cour un monarque puni injustement. Le roi est donc tyrannique, coléreux et violent. Le conflit tragique est extériorisé, le héros n'est pas en lutte avec lui-même, mais confronté à des éléments qui le conduisent à la révélation finale, sans qu'il soit habité de la soif de savoir qui caractérise l'Œdipe de Sophocle. De plus, il fait de son sujet une tragédie de l'usurpation dont le motif récurrent est le sang qui infuse toute la pièce, peut-être en compensation de sa disparition de la scène finale, puisque Œdipe ne réapparaît pas après s'être mutilé (voir p. 89). Or, en 1659, la France sort tout juste de l'épisode déchirant de la Fronde et il n'est pas étonnant que le théâtre pose la question de la légitimité du pouvoir. Dès qu'Œdipe est réintégré dans la dynastie régnante par la découverte de son origine, son rang coïncide avec son sang et Dircé reconnaît sa valeur qu'elle n'a jusqu'alors cessé de mettre en cause.

2. *Voltaire, le terreau autobiographique*

La perspective du jeune Voltaire est tout autre, même s'il ajoute aussi une intrigue amoureuse, avec le personnage de Philoctète, compagnon d'Hercule et ancien amant de Jocaste. Il y a là encore une fausse piste, puisque Philoctète, rival malheureux de Laïus, pourrait très bien être son meurtrier. Mais l'Œdipe de Voltaire n'est pas un tyran, ni un roi jaloux de son pouvoir, il hésite à accuser Philoctète et reconnaît sa valeur.

La fable tragique est tendue entre deux évocations du fantôme de Laïus dont l'ombre plane, menaçante, relayée par des dieux terribles qui se font entendre par l'intermédiaire du « grand prêtre ». C'est que l'Œdipe de Voltaire est surtout un parricide ; il est mentionné que le roi n'est mort que quatre ans plus tôt et aucune allusion n'est faite à l'existence d'enfants de l'inceste. Certains critiques ont analysé ce choix privilégiant la figure du parricide comme un écho de la situation familiale de l'auteur. À l'occasion de cette première tragédie, le jeune François-Marie Arouet abandonne en effet son nom de naissance pour adopter le pseudonyme qu'il conservera toute sa vie. La nature extrêmement conflictuelle de ses rapports avec son père, dont cette pièce signe ici symboliquement la mort, permet d'en faire une « psycholecture ». Le manque d'unité de l'intrigue centrée successivement sur deux héros ne doit rien à la précipitation — il a mis cinq ans à écrire cette pièce — ni à son jeune âge, compensé par une connaissance intime du théâtre classique. La présence de Philoctète n'est pas maladroite, elle a un sens profond peut-être lié au roman familial de Voltaire. Il perd sa mère à sept ans et hait son père au point d'imaginer qu'il n'est pas son fils et de le dire ; ses rapports avec son frère aîné sont également très difficiles. Son *Œdipe* pourrait être l'histoire d'un cadet innocent, accusé à tort du meurtre de son père, jusqu'à ce qu'on découvre que le vrai criminel est son frère aîné. Par ailleurs, la tragédie fournit de nombreux indices de l'anticléricalisme de Voltaire, les protagonistes mettant volontiers en accusation la probité des prêtres ou la véracité des oracles (voir p. 95). L'*Œdipe* de Voltaire permet donc à son auteur de se mesurer aux grands classiques tout en signant son acte de naissance, dans sa nouvelle famille d'adoption, la littérature.

2.

De la tragédie au drame : l'humanisme ironique de Gide

Fils d'un professeur de droit protestant, André Gide a soixante ans lorsqu'il publie son *Œdipe*, en 1930. Il n'a pas encore reçu le prix Nobel de littérature, mais c'est un auteur de romans reconnu et admiré. Le théâtre tient pourtant une grande place dans son œuvre et ses personnages dramatiques incarnent ses idées tout autant que Michel dans *L'immoraliste* (1902) ou Lafcadio dans

Les caves du Vatican (1914). S'il insiste pour qu'on parle de sa pièce comme d'un « drame », c'est qu'elle tient à la fois de la tragédie et de la comédie.

La légèreté du ton adopté par Gide, dont le texte est émaillé de notations prosaïques, voire familières, signale d'emblée l'écart par rapport au registre tragique. Les personnages sont dépouillés de toute noblesse excessive. L'impulsif Œdipe se présente dès la première scène : « Je suis Œdipe. Quarante ans d'âge, vingt ans de règne », parlant de lui comme d'une bonne bouteille. Les chœurs sont l'expression d'une parole populaire lorsqu'ils évoquent les oiseaux sacrés trop bruyants transformés en « salmis » grâce à l'autorisation royale : « Et, comme ils troublaient ton sommeil, tu nous as fichus dedans en nous autorisant à les chasser, malgré les prohibitions de Tirésias » (acte I). Le conflit entre Étéocle et Polynice ne se laisse encore qu'entrevoir, à travers une rivalité virile qui s'exprime franchement par la bouche de Polynice : « Et si je te foutais mon poing sur la gueule, personnellement… tu t'en foutrais peut-être un peu moins ? »

Descendu des hauteurs sacrées du mythe, l'Œdipe de Gide s'affirme en s'opposant, incarnant le progrès face au conservatisme de Créon, figurant l'humanisme contre l'obscurantisme religieux. Tirésias, devenu le précepteur chargé de l'éducation des enfants du couple royal, est un devin catholique pour lequel le bonheur d'Œdipe est « une négation de la puissance divine ». Isolé par ces antagonismes, Œdipe est aussi un héros sans racines qui sait depuis toujours qu'il n'est pas le fils de Polybe et Mérope, mais un enfant trouvé, ambitieux et fier de son ascension sociale, comme il le déclare à Créon : « Jailli de l'inconnu ; plus de passé, plus de modèle, rien sur quoi m'appuyer ; tout à créer, patrie, ancêtres… à inventer, à découvrir. Personne à qui ressembler, que moi-même. Que m'importe, dès lors, si je suis grec ou lorrain ? Ô Créon ! si soumis, si conforme à tout, comment comprendrais-tu la beauté de cette exigence ? C'est un appel à la vaillance que de ne connaître point ses parents. »

Le tragique est comme suspendu par cette affirmation de la puissance de l'individu, écarté précisément pour sa charge émotionnelle (*Journal*, 2 janvier 1933) : « Je prétends vous laisser voir l'envers du décor, cela dût-il nuire à votre émotion, car ce n'est pas elle qui m'importe et que je cherche à obtenir : c'est à votre intelligence que je m'adresse. Je me propose, non de vous faire frémir ou pleurer, mais de vous faire réfléchir. »

3.

Un changement de registre : la parodie des grands succès

Au XVIIIe siècle, les pièces qui connaissaient un grand succès public donnaient très vite lieu à une imitation parodique. L'Italien Biancolelli propose dès 1819 une version bouffonne de la tragédie de Voltaire qu'il intitule *Œdipe travesti*, jouée par des acteurs de commedia dell'arte à la Comédie-Italienne. Les personnages tragiques se sont mués en petits-bourgeois qui s'expriment en alexandrins mais dans un registre très familier. Trivelin a été abandonné par ses parents sur les pentes de Montmartre et Pierrot, le défunt mari de Colombine, était marchand de vin. L'oracle de Delphes est transformé en prophétie de vieille sorcière, ainsi présentée par Colombine à son nouvel époux, Trivelin, qui est donc son fils :

> Colombine : Ton fils tuera Pierrot, et ce fils téméraire…
> Achèverai-je ?
> Trivelin : Hé bien !
> Colombine : Fera cocu son père.

Ce à quoi Trivelin ne manquera pas de faire écho plus loin en gémissant : « Moi-même sur son front j'osai planter des cornes. » Il n'est plus question d'inceste, mais de cocuage, ce qui dédramatise la situation et lui fait changer de registre, insistant sur son aspect comique. Dans ce monde d'artisans et de petits commerçants, les problèmes d'inceste et d'abandon des enfants sont monnaie courante, mais ils sont imputés au libertinage des femmes. La commedia dell'arte fait d'Œdipe un mythe antiféministe, reflet d'une certaine opinion publique. Colombine retourne tranquillement à la chaleur animale et sensuelle de son lit, alors que Trivelin, les yeux crevés, se dirige vers l'hôpital des Quinze-Vingts — centre hospitalier spécialisé en ophtalmologie qui existe depuis le XIIIe siècle — en soupirant « Peut-être voudra-t-on m'y donner une place ». Si l'intrigue est simplifiée pour mieux amuser le public, tout le monde sait de quoi on parle. Le mythe d'Œdipe s'est adapté à la culture populaire et sa réécriture parodique signale l'immense succès de la tragédie qu'elle prend pour modèle.

4.

Mythe et Nouveau Roman, l'Œdipe caché de Robbe-Grillet

Les Gommes (1953) d'Alain Robbe-Grillet est un roman qui récuse les modèles antérieurs du mythe pour en faire une quête désinvolte, au gré des errances de son héros, Wallas, aspirant détective venu pour résoudre un meurtre qui n'a pas eu lieu et qu'il finira par commettre lui-même. C'est Samuel Beckett, l'auteur d'*En attendant Godot*, qui a le premier repéré que ce texte était une réécriture en creux du mythe d'Œdipe.

Le roman se déroule en cinq parties, il comporte un prologue et un épilogue et a pour épigraphe une phrase de Sophocle : « Le temps, qui veille à tout, a donné la solution malgré toi », autant d'indices pour le lecteur qui voudrait à son tour se transformer en enquêteur… Les cinq étapes du mythe d'Œdipe figurent sous forme d'allusion et de clins d'œil, de litotes. L'exposition de l'enfant se cache dans le motif des rideaux de dentelles accrochés aux fenêtres, le meurtre de Laïos est remplacé par celui de Dupont, d'abord raté, puis accompli par Wallas, le Sphinx est présent dans l'énigme avinée de l'ivrogne et dans l'animal fabuleux formé par les détritus du canal, l'inceste se devine derrière le trouble ressenti en présence de la papetière, dont on apprend qu'elle est l'ex-femme de Dupont. Il n'y a pas de châtiment, mais c'est parce que la défaite de Wallas est signifiée dès le début du roman puisqu'il faut cinquante centimètres carrés de surface frontale pour entrer officiellement au « Bureau des Enquêtes » (voir pp. 113-

114). Si tous les motifs constitutifs du mythe sont présents, il ne reste plus rien de l'articulation narrative logique de ces éléments entre eux, ils sont disséminés, éparpillés comme au gré du hasard. Tout semble fortuit et le mythe se dissout dans des allusions qui lui font signe tout en l'affaiblissant. La contingence prend le pas sur la nécessité, alors que le regard ironique du narrateur accorde aux objets la même importance qu'aux personnages. Dans cette quête dérisoire et vidée de sa sève, Robbe-Grillet s'attaque au fondement même du mythe, il récuse tout modèle littéraire ou culturel antérieur, tragédie, épopée ou psychanalyse, pour fonder une mythologie nouvelle, de la ville et de l'objet, dont le cœur est proprement littéraire.

L'enquête policière fait en effet place à une quête du refoulé, du souvenir, à travers les méandres de la ville, rendue possible par la disponibilité de Wallas, homme médiocre dont le défaut d'héroïsme est patent. Le propos de ce nouveau roman n'est pas pour autant frivole ou parodique : à travers l'expression libre de l'inconscient de Wallas, les souvenirs d'enfance affluent à la conscience, comme s'il devenait lui-même l'instance psychique qu'il a permis de découvrir. Mais les éléments de la ville labyrinthique, organisés grâce à un jeu de coïncidences ironiques, finissent par absorber Wallas/Œdipe. Ce ne sont plus les dieux qui imposent son destin au héros du mythe, mais la prolifération des objets et des signes qui rend le monde suspect. Dans cet univers d'errances sans lendemain dans lequel Wallas décrit une trajectoire circulaire, plein de mystères et de questions sans réponses, le mythe a été effacé, « gommé » par l'instabilité du monde des objets.

5.

Œdipe et le roman policier : une affaire classée

Faire du mythe d'Œdipe un roman policier, à l'instar de Didier Lamaison, est une manière d'insister sur une des lectures possibles de la tragédie de Sophocle, dont la structure rétrospective est celle d'une enquête menée par celui qui se révélera être l'auteur du crime. Le narrateur est omniscient, son récit se fait au passé jusqu'à l'annonce publique du roi maudit qui libère les Thébains de la malédiction.

Lamaison suit la version de Sophocle et il prend soin d'articuler fermement les épisodes entre eux, suivant pas à pas les progrès et les piétinements de l'enquête, développant les fausses pistes avant de les écarter. Le roman policier s'ouvre sur l'arrivée d'Œdipe à Thèbes, assiégée par la Sphinx. Il part l'affronter et revient vainqueur mais refuse de raconter son exploit. Il épouse Jocaste, comme l'a décidé le peuple, sans bien savoir quelle est la cause de son veuvage. Dix ans plus tard, le silence a rongé la ville, en proie à la stérilité et décimée par une épidémie. Œdipe s'emporte et questionne : « Je suis arrivé dans une cité fantôme, décapitée, assiégée. Quelle faute Thèbes purgeait-elle par cette Sphinx ? Personne n'a jamais consenti à me répondre clairement sur cette question. »

Il commence alors à mener l'enquête, recueillant les indices sur la mort de Laïos, rassemblant et recoupant les témoignages, mais il s'agit d'un « *cold case* », d'une affaire classée. Le temps a passé, la scène de crime est contaminée depuis longtemps et les indices matériels sont quasiment inexistants. Pourtant, Œdipe cherche les mobiles du crime, il met en branle le mécanisme judiciaire, promulguant des édits encourageant la délation. La ville est bientôt rongée par les rumeurs. Mais ce détective est une âme solitaire qui rencontre surtout des obstacles dans son enquête : sa femme cherche plusieurs fois à le dissuader de poursuivre, Créon lui tient des propos suspects, au point qu'Œdipe pense que l'enquête menée dix ans plus tôt a été bâclée : « Quelqu'un avait intérêt à favoriser ce sabotage. Quelqu'un qui avait du pouvoir. » Il conclut à un complot de Créon pour s'emparer du trône, lequel est aussitôt banni. Cette figure de « faux coupable » est une étape obligée du roman policier. Exaspéré par le manque de succès, Œdipe se fait volontiers cruel : c'est lorsqu'il menace de torturer Phorbas que celui-ci revient sur son faux témoignage et révèle que l'assassin de Laïos était un homme seul.

Lamaison n'hésite pas à multiplier les effets de réel, comme cette soirée entre hommes où Œdipe et Tirésias boivent sans retenue (chapitre III), ou la scène des aveux réciproques de Jocaste et Œdipe au cours d'une baignade sensuelle dans le lac (chapitre V). Peu à peu, Œdipe reconstitue le fil de son histoire dans un mouvement rétrospectif qui est précisément celui de l'enquête policière. Il a les attributs du pouvoir, il serait même un sur-détective, disposant de toutes les ressources d'un État pour faire la lumière sur un meurtre presque oublié. S'il ne peut y avoir de suspense pour le lecteur qui connaît l'identité du coupable depuis toujours, la tension narrative qui ordonne le récit en tient lieu. La reconnaissance finale est décrite comme un coup de tonnerre accompagné d'un éclair : lumière est faite sur le régicide, grâce à la constance même de celui-là qui l'a commis sans le savoir, faute d'éléments suffisants et d'indices concordants.

Pour en savoir plus…

… sur le mythe d'Œdipe

Colette ASTIER, *Le Mythe d'Œdipe*, Armand Colin, 1974.

Christian BIET, *Œdipe*, Autrement, Paris, 1999.

Mitsutaka ODAGIRI, *Écritures palimpsestes ou la théâtralisation française du mythe d'Œdipe*, L'Harmattan, 2001.

… sur Corneille

Abbé d'AUBIGNAC, *Troisième dissertation concernant le poème dramatique en forme de Remarques sur la tragédie de M. Corneille intitulée l'*Œdipe, in *Œdipe, Corneille et Voltaire*, université de Saint-Étienne, 2004.

Christian BIET, *Œdipe en monarchie, tragédie et théorie juridique à l'âge classique*, Klincksieck, 1994.

Georges COUTON, *La Vieillesse de Corneille (1658-1684)*, Maloine, 1949.

Christian DELMAS, *Mythologie et mythe dans le théâtre français (1650-1676)*, Droz, 1985.

… sur Voltaire

Gérard GENETTE, *Palimpsestes* (chapitre LIII), Éditions du Seuil, 1982.

Henri LION, *Les tragédies et les théories dramatiques de Voltaire*, Slatkine, 1970.

José-Michel MOUREAUX, *L'*Œdipe *de Voltaire, introduction à une psycholecture*, Archives des lettres modernes, 1973.

… sur Gide

Claude MARTIN, *Gide*, Éditions du Seuil, 1963.

Œdipe, Gide, édité par Clara DEBARD, Champion, 2007.

Jean CLAUDE, *André Gide et le théâtre*, Gallimard, « Cahiers de la NRF », 1992.

… sur Robbe-Grillet

Roland BARTHES, « Littérature objective », in *Dossier de presse, Les Gommes et Le Voyeur d'Alain Robbe-Grillet*, 10/18, 2005.

Bruce MORRISSETTE, *Les romans de Robbe-Grillet*, Minuit, 1963.

Les écrivains à leur table de travail

Facettes de la réécriture

À PARTIR DU MODÈLE QUE CONSTITUE LE TEXTE DE SOPHOCLE, les auteurs qui s'emparent du mythe créent des textes palimpsestes plus ou moins éloignés du texte de départ qui fonctionne comme une matrice. Ils procèdent par altération, changeant tel ou tel détail important de la fable, par augmentation ou extension, rajoutant ou développant des épisodes qui fonctionnaient plutôt sur l'allusion ; par actualisation, faisant d'Œdipe leur contemporain ; par contamination, en enrichissant le mythe d'une nouvelle intertextualité ; ou même par invention, donnant libre cours à leur imagination en s'insérant dans un espace laissé vacant. C'est ainsi que le mythe s'actualise et se transmet, d'une époque à l'autre, faisant d'Œdipe une figure éternelle et intemporelle.

1.

Le Roman de Thèbes : appropriation et intertextualité

Sous la plume du clerc anonyme du *Roman de Thèbes* (1150), la matière antique du mythe est « médiévalisée ». Les guerriers grecs gardent leur nom, mais ils agissent en chevaliers, combattent dans des tournois, défendant les valeurs du monde médiéval que sont le courage, l'endurance et la fidélité au suzerain ou à sa dame. D'autre part, ils sont intégrés à un monde chrétien, ce qui explique que la figure des dieux contraires soit incarnée dans « Carcodet », qui possède Œdipe lorsqu'il tue Laïos, ou dans le Sphinx, tous deux avatars du diable.

Le mythe d'Œdipe s'est transmis au Moyen Âge par l'intermédiaire de la littérature latine, dans laquelle il existait surtout à l'état de traces, si l'on excepte Sénèque, puisque la guerre fratricide d'Étéocle et Polynice avait pris le pas sur le destin tragique de leur père. Le personnage d'Œdipe fait pourtant partie de la culture latine : la mention de son nom est synonyme d'aveuglement dans les *Épigrammes* du poète Martial, de parricide dans *Les Tristes* d'Ovide, d'inceste chez Lucain, ou de perspicacité dans les pièces de Plaute. Le texte source du *Roman de Thèbes* est *La Thébaïde* de Stace (Ier siècle après J.-C.) qui s'ouvre sur l'imprécation d'Œdipe contre ses fils, récapitulant les épisodes du mythe de manière allusive. Par ailleurs, un poème anonyme en latin, intitulé *Diri patris*, fait entendre au XIe siècle la lamentation du vieil Œdipe qui appelle la mort de ses vœux, rappelant les éléments de son histoire. À partir de ces deux matériaux, le clerc anonyme du *Roman de Thèbes* ouvre son œuvre, consacrée aux frères ennemis, par cinq cents vers qui attribuent l'origine du conflit des fils aux fautes de leur père, en écho à l'histoire biblique d'Adam et de ses fils, Abel et Caïn.

Le clerc prend des libertés avec la fable, dont il ne connaît sans doute pas la version grecque. Ainsi il supprime d'emblée l'énigme du meurtre de Laïos puisque

Œdipe avoue à Jocaste dès leur première rencontre qu'il est l'assassin du roi et qu'elle ne paraît pas s'en émouvoir outre mesure (voir p. 84). Par ailleurs, la découverte de l'identité d'Œdipe se fait sans qu'il y ait de peste ni d'oracle, pendant un bain (voir p. 85). La situation intime de cette scène fait signe à deux épisodes bibliques, celui de Suzanne et des vieillards, qui suggère le mensonge et la concupiscence, et celui de Marie-Madeleine lavant les pieds du Christ et obtenant le pardon de sa vie de péché. Ces deux intertextualités bibliques se doublent d'une référence à l'épisode de la reconnaissance d'Ulysse par sa nourrice au chant XIX de l'*Odyssée*. Dans cette version médiévale du mythe, Jocaste ne se tue pas, elle doit jouer un rôle de négociatrice pour ramener ses deux fils enragés à la raison. Le mythe est donc un récit qui se transmet, qui se traduit, qui se réinterprète, se colorant de nuances nouvelles en changeant de langue et d'époque.

2.

Fusion des mythes pour une fin heureuse

Gide songeait au sujet d'Œdipe depuis 1920, comme en témoigne son ami, Roger Martin du Gard (*Notes sur André Gide*, Gallimard, 1951) : « Mon intention, voyez-vous, serait de présenter au début un Œdipe rayonnant, fier de sa réussite, actif, ignorant tout souci, un Œdipe “goethéen”. Et puis, sans qu'aucun événement nouveau ne se produise, simplement par l'intervention, par l'influence d'un prêtre, d'un Tirésias chrétien, cet Œdipe glorieux se trouverait totalement dépossédé de son bonheur. […] tout ce qui jusque-là faisait de lui un monarque serein, équilibré, parfaitement satisfait, brusquement, ne compterait plus pour rien, du seul fait que l'éclairage aurait été modifié par le grand prêtre... — autrement dit, *du fait que l'optique chrétienne aurait remplacé une optique païenne.* »

Il revient régulièrement à ce projet au cours des années qui suivent, se proposant divers titres provisoires, « Nouvel Œdipe », ou « La conversion d'Œdipe », fidèle au conflit primaire entre Œdipe et Tirésias qui l'avait séduit de prime abord. Le mythe originel est déplacé pour faire d'Œdipe une figure de l'individualisme et du progrès.

Mais le dénouement de la pièce pose un problème : elle se clôt sur l'échec d'Œdipe qui se découvre faux héros, faux bâtard, faux frère et faux époux. Quel sens donner dès lors à sa mutilation et à son exil ? Dans le *Journal* de Gide, on trouve en date du 10 août 1930 une interprétation possible de l'aveuglement : « Le sacrifice du meilleur. Mais c'est dans ce don de soi, cet holocauste, que lui-même s'affirme le mieux et se prouve son excellence. Cette abnégation qui accompagne toute noblesse, ce ruineux besoin de se sacrifier à ce qui ne vous vaut pas. »

Pour rester fidèle à son héros, Gide intègre alors à son drame l'oracle d'*Œdipe à Colone*, inversant ainsi l'horizon de l'*Œdipe Roi* de Sophocle. Devenu aveugle et humble, Œdipe se dépouille de tout, renonce « à ses biens, à sa gloire, à soi-même », pour offrir la bénédiction de sa dépouille mortelle à d'autres hommes : « Au prix de ma souffrance, il m'est doux de leur apporter du bonheur. » Errant et vagabond, il s'est retrouvé après s'être perdu et peut incarner l'individualisme généreux cher à Gide.

3.

Augmentation, variation et intertextualité dans *La machine infernale*

Artiste fantasque et original, Jean Cocteau est fasciné par les mythes antiques et hanté par Œdipe et Orphée. Il est l'auteur du livret de l'opéra de Stravinsky *Œdipus Rex*, traduit en latin par Jean Daniélou, créé en 1927, composé à partir de sa traduction de l'*Œdipe Roi* de Sophocle, qui ne sera publiée qu'en 1937. *La machine infernale* (1934) représente sa contribution personnelle au mythe antique qu'il revisite amplement en réorganisant et en développant la matière mythique.

Cocteau ne s'embarrasse d'aucune règle ni de respect de ses modèles antiques lorsqu'il choisit de représenter les épisodes qui suivent immédiatement la mort de Laïus, procédant à une extension de la matière mythique. Il fait des épisodes du Sphinx et du mariage avec Jocaste la substance de deux des actes de sa pièce. Les deux premiers actes, « Le fantôme » et « La rencontre d'Œdipe et du Sphinx », ont même lieu simultanément ; ils s'enchaînent avec le troisième, « La nuit de noces », tandis que le quatrième, « Œdipe Roi », a lieu dix-sept ans plus tard. Par ailleurs, il n'hésite pas à inventer des épisodes, comme son premier acte qui apparaît comme une réécriture de la première scène d'*Hamlet*, où les remparts de Thèbes sont visités par le fantôme de Laïus. Impuissant et frustré, le fantôme tente de prévenir Jocaste du danger qui la guette, redoublant l'oracle, en quelque sorte, et faisant jouer l'intertextualité signalée par Sigmund Freud dans ses travaux sur Œdipe. Mais seuls les soldats de garde peuvent le voir et l'entendre et ils décident de ne pas transmettre le message, laissant les rois se débrouiller entre eux.

Si les personnages portent bien les mêmes noms que ceux du mythe, ils sont pourtant très différents de ce que la tradition a établi. Œdipe est un jeune homme bouillant, il se décrit lui-même comme « emporté, vindicatif ». Il avoue à Tirésias qu'il est vierge et préfère les femmes mûres aux jeunes filles. Il a quitté le palais du roi de Corinthe poussé par la soif d'inconnu et non chassé par une inquiétude sourde, tandis que Jocaste est capricieuse et coquette, obsédée par son âge. Cocteau altère sensiblement le mythe en la rendant seule responsable de l'exposition d'Œdipe, dédouanant tout à fait Laïus. La figure du Sphinx n'est pas exactement celle de l'Antiquité, un animal à buste de femme, corps de lion et ailes d'oiseau, mais une belle jeune fille qui peut se glisser derrière une façade sculptée représentant le corps du Sphinx. Elle est assistée d'une figure de la mythologie égyptienne, Anubis, le dieu à tête de chacal, son exécutant des basses œuvres. Le chœur n'existe plus en tant que tel, il est dispersé entre différents personnages qui font entendre la voix de l'opinion : les soldats du premier acte, la matrone du second qui dit le désordre de la ville et le mécontentement des Thébains, ou encore l'ivrogne qui clôt « La nuit de noces » sur une note populaire par une chanson dont le refrain répète : « Votre époux est trop jeune. » Pleins de bon sens, ces caractères simples sont les héritiers éparpillés du chœur antique. L'oracle lui-même est métamorphosé en « Voix », enregistrée par Cocteau pour être diffusée pendant les représentations, annonçant au début de chaque acte les événements qui vont avoir lieu.

La tonalité tragique est diluée chez Cocteau par des

signes au vaudeville, plus ou moins discrets, comme le surnom de « Zizi » que Jocaste donne à Tirésias, ou la scène de séduction qui a lieu en haut des remparts lorsqu'elle se met à vanter la plastique puis à toucher le corps du plus jeune soldat. La Sphinx et Anubis discutent au début du second acte de l'opportunité de considérer la sonnerie qui vient de se faire entendre comme le signal de la fin de leur journée de travail. En donnant à ces deux figures mythologiques les préoccupations de deux travailleurs fatigués qui attendent juste de pointer, Cocteau dégrade le tragique et le dissout. La victoire d'Œdipe sur la Sphinx est bien loin de l'imagerie héroïque lorsque, terrifié, au bord des larmes, il appelle sa mère. Cocteau revivifie le mythe, il lui infuse une couleur burlesque et fait descendre ses héros de leur piédestal avec humour, pour mieux le retrouver dans son dernier acte, qui renoue avec Sophocle.

4.

Sur la route, Œdipe se réinvente

Le Belge Henry Bauchau a soixante-dix ans quand il entame l'écriture d'*Œdipe sur la route* qui lui prendra sept ans. Il a déjà publié de nombreux recueils de poésie. Son projet romanesque consiste à combler l'espace temporel et physique laissé par Sophocle entre ses deux tragédies qui ont Œdipe pour héros, de saisir dans le mouvement de l'errance comment s'effectue le passage de la violence à la pacification, de la souveraineté extérieure à la maîtrise de soi. Les aventures du vieil Œdipe et d'Antigone deviennent un chemin initiatique tourné vers l'exploration de soi et la transfiguration du roi déchu et exclu de la société des hommes en artiste complet. La compagnie d'Antigone se double bientôt de celle de Clios, un bandit qui se découvrira artiste en apprenant à façonner la matière et à remplacer le sang par le rouge.

Le roman de Bauchau renoue avec le sacré et avec le tragique, en adoptant une perspective rédemptrice. « Sur la route et avec l'aide d'Antigone, Œdipe renonce aux réponses et, si l'on peut dire, revient à la question », écrit le romancier dans son *Journal.* De l'abjection à la dignité retrouvée, on chemine avec un homme en quête de son identité, vers sa réconciliation intérieure. Œdipe apprend la patience et la passivité, il accepte de laisser le temps faire son œuvre et renonce à la colère impulsive de sa jeunesse. En marchant, le mouvement physique, la douleur et l'épuisement l'amènent à redevenir lui-même, rejoignant l'homme aux pieds enflés, aux pieds meurtris que son nom désigne. Malgré sa cécité, il se fait sculpteur et retrouve le contact direct avec la matière et avec la nature (voir p. 116). Une fois accompli le travail titanesque de sculpture de la vague, bravant tous les dangers, suspendu au-dessus de l'abîme, il se délivre de son passé et dépose le fardeau de sa culpabilité : « Demain, dit-il à Antigone, j'irai avec toi dans les quatre directions de l'espace proclamer que je me délie du jugement qu'Œdipe, ce tyran de lui-même, a prononcé contre sa propre vie. »

Puis il se découvre aède, poète et chanteur, en retrouvant l'accès à l'écriture, à la parole et au sacré, se réconciliant avec les dieux qui viennent parler par sa bouche : « C'est ce moment que parfois le dieu saisit pour parler à sa place par les chemins tumultueux du sang. Cette voix est plus vaste, plus riche, plus éclairante que la sienne, mais elle est aussi plus ténébreuse. »

La figure mythique d'Œdipe se double ainsi de celle d'Orphée, comme le laisse à penser la rencontre avec Calliope, mère d'Orphée. Elle guérit Œdipe en procédant à un accouchement symbolique, lui donnant la vie une seconde fois au huitième chapitre, après qu'il a contracté la peste en soignant les pestiférés, à la manière d'un rachat symbolique.

En seize chapitres, Bauchau compose deux cycles égaux, autour d'un chapitre central qui ramène Œdipe aux pieds des remparts de Thèbes, où il vient chanter son histoire, celle du roi aveugle, « chassé et réduit à la mendicité par ses fils et son beau-frère, Créon ». Mais les Thébains le reconnaissent et sortent de la ville pour le lapider. En parcourant les sentiers de l'Attique, Œdipe part non seulement à sa rencontre mais aussi à la découverte de la Grèce archaïque, explorant cette contrée montagneuse et aride bordée par une mer sauvage, cet espace poussiéreux et caillouteux, rythmé par les puits et les cours d'eau. C'est en mendiant qu'il arpente la Grèce, à la manière d'un labyrinthe, comme s'il était à la fois et Thésée et le monstre qu'il fallait détruire. Le sens du temps qu'il a brouillé en transgressant les lois de la généalogie lui revient grâce à l'art et aux saisons qui rythment sa vie humble et pauvre au grand air.

Par les détours du chemin qu'il suit, il figure aussi la cure psychothérapique ou psychanalytique, assailli par des rêves et des visions intérieures qui lui font mesurer le pouvoir curatif du souvenir et du chant. Il y rencontre aussi des personnages fascinants, comme Diotime, la prophétesse philosophe du *Banquet* de Platon, devenue guérisseuse, ou Constance, le régent des Hautes Collines, qui lui fait visiter son pays et lui raconte l'histoire de son peuple et de la guerre contre les Achéens (chapitres 11 et 12). À mesure qu'ils s'approchent de Colone, le but de leur voyage, la réputation d'Œdipe le précède, on accueille l'aède et sa fille, on leur offre l'hospitalité. Thésée lui même, averti de leur arrivée, les attend pour les accueillir.

La mort d'Œdipe est racontée par Clios, le peintre, auteur d'une fresque au milieu de la campagne, qui représente un chemin qu'Œdipe va emprunter pour rejoindre l'éternité : « Œdipe nous quitte, il est au pied de la fresque, il fait un premier pas sur le chemin. Il marche sans buter sur les pierres, il est sous les branches des arbres. Il cueille le fruit sombre d'une ronce, il se penche vers la touffe de coquelicots. Il va sans se retourner et nous le voyons s'éloigner sans savoir si c'est dans les couleurs que j'ai préparées pour lui qu'il s'enfonce ou dans nos cœurs où le chagrin et un bonheur inattendu se mêlent. »

La mort d'Œdipe est son apothéose dans l'œuvre d'art, il se donne à lui-même sa propre éternité en continuant sa route dans le livre comme dans la fresque. De la même manière, il a, tout au long du texte, chanté son histoire, devenu objet de sa propre création, figure arrêtée et proliférante tout à la fois, figée dans son œuvre.

Le texte de Bauchau est d'une grande richesse, il convoque, dans une langue précise et poétique, un imaginaire généreux qui ajoute une dimension au mythe d'Œdipe, celle de la rédemption et de l'accomplissement par l'art.

Pour en savoir plus

Geneviève HENROT, *Henry Bauchau poète. Le Vertige du seuil*, Droz, 2003.

Catherine MAYAUX et Myriam WATTHEE-DELMOTTE (sous la dir.), *Henry Bauchau. Écrire pour habiter le monde*, Presses universitaires de Vincennes, 2009.

Sylviane MESSERLI, *Œdipe enténébré, Légendes d'Œdipe au XIIe siècle*, Paris, Champion, 2002.

Francine MORA-LEBRUN, *« Metre en romanz ». Les romans d'Antiquité du XIIe siècle et leur postérité (XIIIe-XIVe siècle)*, Champion, 2008.

Daniel POIRION, *Résurgences, Mythe et littérature à l'âge du symbole (XIIe siècle)*, PUF, 1986.

Myriam WATTHEE-DELMOTTE, *Henry Bauchau*, Labor, 1994.

Groupement de textes

(Ré)interprétations du mythe d'Œdipe

L'INTERPRÉTATION DU MYTHE D'ŒDIPE PAR SIGMUND FREUD a transformé le nom propre en nom commun. Tous les jours, on entend parler d'enfants qui « font "leur" œdipe », de la difficulté de gérer les enfants qui sont au « stade œdipien ». L'œdipe est devenu une catégorie commune du langage courant, au point qu'on l'accompagne même volontiers d'un adjectif possessif, chacun devant « faire son » œdipe, parcourir cette étape nécessaire du développement de l'enfant. On a fait de l'extraordinaire destin d'un homme poursuivi par la malédiction divine le sort communément partagé de tous les enfants d'hommes. Comment en est-on arrivé là ?

Sigmund Freud naît en Moravie, en 1856. Sa famille s'installe bientôt à Vienne où il fera des études de médecine. Il se consacre aux recherches en laboratoire, suit des cours de neurologie et de psychiatrie à l'hôpital et obtient une bourse pour aller à Paris observer le traitement de l'hystérie par l'hypnose de Charcot. Freud devient très vite un spécialiste des maladies nerveuses ; il travaille avec des patients hystériques, mettant au point une méthode dite « cathartique » pour aider le patient à exprimer ses émotions bloquées ou refoulées. La découverte de l'importance des rêves et le déchiffrage du discours caché que leurs images recouvrent le conduisent à postuler l'existence d'un inconscient. Mais c'est seulement à la mort de son père, en 1896, quand il commence son autoanalyse, que Freud met au point le principe de la cure psychanalytique et propose une thérapie pour soigner les névroses. Or, un des concepts essentiels de la représentation du psychisme tel que Freud l'a dessiné est le fameux complexe d'Œdipe. La lecture qu'il propose du mythe d'Œdipe est suffisamment créatrice pour donner naissance à un langage nouveau, la psychanalyse.

Œdipe, c'est nous !

Sigmund FREUD (1856-1939)

Lettre du 15 octobre 1897 à Wilhelm Fliess

La naissance de la psychanalyse

(trad. A. Berman, PUF)

La première fois que Freud, alors en plein processus d'autoanalyse, mentionne le mythe d'Œdipe, c'est dans une lettre à son ami, Fliess, un médecin berlinois avec lequel il a entretenu une longue correspondance, chacun faisant part à l'autre de ses réflexions et de ses découvertes.

Jusqu'à présent, je n'ai encore rien trouvé de complètement nouveau mais seulement toutes les complexités auxquelles je suis habitué. La chose n'est guère facile. C'est un bon exercice que d'être tout à fait sincère envers soi-même. Il ne m'est venu à l'esprit qu'une seule idée ayant une valeur générale. J'ai trouvé en moi comme partout ailleurs des sentiments d'amour envers ma mère et de jalousie envers mon père, sentiments qui sont, je pense, communs à tous les jeunes enfants, même quand leur apparition n'est pas aussi précoce que chez les enfants rendus hystériques [...]. S'il en est bien ainsi, on comprend, en dépit de toutes les injonctions rationnelles qui s'opposent à l'hypothèse d'une inexorable fatalité, l'effet saisissant d'*Œdipe Roi* [...]. La légende grecque a saisi une compulsion que tous reconnaissent parce que tous l'ont ressentie. Chaque auditeur fut un jour en germe, en imagination, un Œdipe et s'épouvante devant la réalisation de son rêve transposé dans la réalité, il frémit suivant toute la mesure du refoulement qui sépare son état infantile de son état actuel.

Mais une idée m'a traversé l'esprit : ne trouverait-on pas dans l'histoire d'Hamlet des faits analogues ? Sans penser aux intentions conscientes de Shakespeare, je suppose qu'un événement réel a poussé le poète à écrire ce drame, son propre inconscient lui ayant permis de comprendre l'inconscient de son héros. Comment expliquer cette phrase de l'hystérique Hamlet : « C'est ainsi que la conscience fait de nous tous des lâches » ? Comment comprendre son hésitation à venger son père par le meurtre de son oncle, lui qui n'a aucun scrupule à envoyer ses courtisans à la mort et qui n'hésite pas une seconde à tuer Laërte ? Tout s'éclaire mieux lorsqu'on songe au tourment que provoque en lui le vague souvenir d'avoir souhaité, par passion pour sa mère, de perpétrer envers son père le même forfait. « Si nous étions traités suivant nos mérites, qui pourrait échapper à la fustigation ? » Sa conscience est son sentiment inconscient de culpabilité. Sa froideur sexuelle au cours de son entretien avec Ophélie, sa réprobation de l'instinct qui pousse à procréer, enfin son transfert de l'acte, de son père à Ophélie, ne sont-ils pas finalement des manifestations typiquement hystériques ? Ne réussit-il pas finalement, de façon aussi singulière que mes hystériques, à attirer sur lui-même le châtiment en subissant le même sort que son père et en étant empoisonné par le même rival ?

Élaboration du complexe d'Œdipe : la lecture psychanalytique

L'interprétation du rêve

(in *Œuvres complètes*, volume IV, PUF)

La confrontation du fantasme infantile à la difficulté d'être Œdipe, de se sentir vouloir être Œdipe tout en sachant qu'on ne peut pas l'être, voilà ce qu'on entend derrière l'usage du terme « complexe ». C'est dans L'interprétation du rêve, *dont la première publication date de 1900, que Freud publie pour la première fois sa théorie du « complexe d'Œdipe », qui met en place le triangle œdipien entre la mère, le père et l'enfant comme une étape normale dans l'élaboration de la sexualité infantile. Freud commence par raconter le mythe, qu'il présente de manière à mieux préparer le lecteur à son interprétation, comparant la fable de Sophocle au cheminement de la cure psychanalytique.*

Œdipe, fils de Laïos, roi de Thèbes, et de Jocaste, est exposé, étant nourrisson, parce qu'un oracle avait annoncé à son père que le fils qui n'était pas encore né deviendrait son meurtrier. Il est sauvé et grandit comme fils de roi dans une cour étrangère jusqu'à ce que, incertain de son origine, il interroge lui-même l'oracle et en reçoive le conseil d'éviter son pays natal parce qu'il lui faudrait devenir le meurtrier de son père et l'époux de sa mère. Sur le chemin qui l'éloigne de ce qu'il croit être son pays natal, il rencontre le roi Laïos et l'abat dans le feu d'une soudaine querelle. Il arrive alors devant Thèbes où il résout les énigmes de la Sphinge qui lui barrait le chemin — en remerciement de quoi il est élu roi par les Thébains et reçoit en présent la main de Jocaste. Il règne un long temps dans la paix et la dignité et engendre, avec celle dont il ne sait pas qu'elle est sa mère, deux fils et deux filles, jusqu'à ce qu'éclate une peste qui amène les Thébains à interroger une nouvelle fois l'oracle. C'est ici que débute la tragédie de Sophocle. Les messagers lui font savoir que la peste cessera quand le meurtrier de Laïos sera chassé du pays. […]

Or l'action de la pièce ne consiste en rien d'autre qu'en ce dévoilement, progressant pas à pas et savamment différé — comparable au travail d'une psychanalyse —, au terme duquel Œdipe est lui-même le meurtrier de Laïos, mais également le fils de la victime du meurtre et de Jocaste. Bouleversé par les horreurs qu'il a commises sans le savoir, Œdipe s'aveugle et quitte le pays natal. La sentence de l'oracle est accomplie.

Œdipe Roi est ce qu'on appelle une tragédie du destin ; son effet tragique est censé résider dans l'opposition entre la volonté surpuissante des dieux et la vaine rébellion des hommes menacés par la calamité ; se soumettre à la volonté de la divinité, se rendre compte de sa propre impuissance, c'est ce que le spectateur profondément saisi est censé apprendre du poème dramatique. En suite de quoi les poètes modernes ont tenté d'obtenir un effet tragique semblable en insérant la même opposition dans la trame d'une fable de leur invention. Sauf que les spectateurs ont vu, sans être touchés, s'effectuer sur des hommes qui ne sont pas coupables, en dépit de toute leur rébellion, une malédiction ou la sentence d'un oracle ; les tragédies du destin ultérieures sont restées sans effet.

Si le roi Œdipe n'est pas moins capable de bouleverser l'homme moderne qu'il ne le faisait pour le Grec, son contemporain, la seule solution pourrait bien être que l'effet de la tragédie grecque ne réside pas dans l'opposition entre le destin et la volonté humaine, mais est à rechercher dans la particularité du matériau dans lequel cette opposition se révèle. Il y a nécessairement une voix au fond de nous-mêmes qui est prête à reconnaître la violence contraignante du destin dans Œdipe […]. Et, de fait, un tel facteur est contenu dans l'histoire du roi Œdipe. Son destin nous saisit pour la seule raison qu'il aurait pu aussi devenir le nôtre et qu'avant notre naissance l'oracle a suspendu la même malédiction sur nous que sur lui. À nous tous peut-être il fut dévolu de diriger notre première motion sexuelle sur la mère, notre première haine et notre premier souhait de violence contre le père ; nos rêves nous convainquent de cela. Le roi Œdipe, qui a abattu son père Laïos et épousé sa mère Jocaste, n'est que l'accomplissement du souhait de notre enfance. Mais, plus heureux que lui, nous avons depuis lors réussi, dans la mesure où nous ne sommes pas devenus des psychonévrosés, à détacher nos motions sexuelles de nos mères, à oublier notre jalousie envers nos pères. Devant la personne sur laquelle s'est accompli ce souhait d'enfance des temps originaires, nous reculons d'effroi avec toute la charge du refoulement que ces souhaits ont depuis lors subi tout au fond de nous-mêmes. Lorsque, dans cette investigation, le poète met en lumière la coulpe d'Œdipe, il nous oblige à prendre connaissance de ce qu'il y a au fond de nous-mêmes, là où ces impulsions, quoique réprimées, sont toujours présentes.

Mutilation et castration : la culpabilité d'Œdipe

Essais de psychanalyse appliquée

(trad. M. Bonaparte et E. Marty, Gallimard)

Dans cette perspective, comment interpréter l'automutilation d'Œdipe lorsqu'il se découvre criminel parmi les criminels ? Pour Freud, la culpabilité inhérente à tout dévoilement fantasmatique se traduit en une castration symbolique et volontaire, l'aveuglement.

Par contre, l'observation psychanalytique nous l'apprend : se blesser les yeux ou perdre la vue est une terrible peur infantile. Cette peur a persisté chez beaucoup d'adultes qui ne craignent aucune autre lésion organique autant que celle de l'œil. N'a-t-on pas aussi coutume de dire qu'on couve une chose comme la prunelle de ses yeux ? L'étude des rêves, des fantasmes et des mythes nous a encore appris que la crainte pour les yeux, la peur de devenir aveugle, est un substitut fréquent de la peur de la castration. Le châtiment que s'inflige Œdipe, le criminel mythique, quand il s'aveugle lui-même, n'est qu'une atténuation de la castration laquelle, d'après la loi du talion, seule serait à la mesure de son crime.

Trois essais sur la théorie de la sexualité

(trad. B. Reverchon-Jouve, Gallimard)

Peu importe à Freud qu'Œdipe ne sache pas que c'est son père qu'il tue, ni que c'est sa mère qu'il épouse. Il va jusqu'à faire de l'ignorance d'Œdipe un argument supplémentaire à l'appui de son interprétation du mythe. La fatalité et l'oracle sont des manifestations de la nécessité interne et le fait qu'Œdipe pèche sans en avoir l'intention signale la nature inconsciente de ses désirs criminels. Le complexe d'Œdipe devient ainsi un concept fondamental.

On a raison de dire que le complexe d'Œdipe est le complexe nucléaire des névroses, qu'il constitue la partie la plus essentielle du contenu de ces maladies. C'est en lui que la sexualité infantile, qui exercera ultérieurement une influence décisive sur la sexualité de l'adulte, atteint son point culminant. Tout être humain se voit imposer la tâche de maîtriser le complexe d'Œdipe ; s'il faillit à cette tâche, il sera un névrosé. La psychanalyse nous a appris à apprécier de plus en plus l'importance fondamentale du complexe d'Œdipe, et nous pouvons dire que ce qui sépare adversaires et partisans de la psychanalyse, c'est l'importance que ces derniers attachent à ce fait.

Une fois qu'Œdipe est passé dans le langage courant, qu'il est devenu un complexe susceptible de rendre compte du psychisme des hommes, il est difficile de se ressaisir du mythe de la même façon. Le travail de Freud a désacralisé le mythe, il en a fait un fantasme universel.

André GIDE (1869-1951)

Œdipe (1931)

(Gallimard)

Depuis la découverte du fameux « complexe d'Œdipe », certains mots appartenant au vocabulaire de la psychanalyse ont fait leur entrée dans le langage courant. Gide en joue volontiers, souscrivant à une mode selon le mot qu'on lui prête et qui a été rapporté par Cocteau : « Ne trouvez-vous pas qu'il y a, depuis Freud, une vague d'œdipémie ? » Il fait dire au personnage d'Œdipe au premier acte, lorsqu'il parle de son amour pour Jocaste à Créon : « Elle est parfaite, Jocaste. Quelle épouse ! Quelle mère ! Quant à moi qui n'ai jamais connu la mienne, j'ai pour elle un amour quasi filial et conjugal à la fois. » Gide n'hésite pas à jouer sur le fait que le public connaît à la fois la fable et sa lecture psychanalytique, tandis que son personnage en ignore encore tout, non sans manifester une certaine ironie tragique. Dans la suite du texte, non content de faire apparaître les quatre enfants de l'inceste sur scène, Gide fait de ce motif une variation épidémique, sur un mode ludique, en le transférant au sein de la fratrie.

ÉTÉOCLE : Au fond, qu'est-ce que nous cherchons dans les livres ? C'est toujours, plus ou moins, des autorisations. Et même ceux qui se prétendent amoureux de l'ordre, respectueux des choses établies ; ceux que Tirésias appelle « les bien-pensants », ce qu'ils y cherchent, c'est la permission de gêner, d'opprimer, de terroriser leurs voisins. Ce qu'ils y cherchent, c'est des apophtegmes, des théories, qui mettent leur conscience à l'aise, et de leur côté le bon droit.
POLYNICE : Et ce que nous y cherchons, nous, malpensants, c'est des autorisations de faire ce que la coutume, la bienséance, ou, par contrainte et par peur, les lois, nous enseignent à ne pas faire.
ÉTÉOCLE : Autrement dit : l'approbation de l'indécence.
POLYNICE : Oui, à peu de chose près… quelque chose comme ça.

ÉTÉOCLE : Ainsi, par exemple, à présent, j'y cherche quelque phrase qui m'autorise à coucher avec Ismène.

CRÉON, *à demi-voix, vers Œdipe* : Un polisson !

POLYNICE : Avec ta sœur ?

ÉTÉOCLE : Avec notre sœur… Eh bien, quoi ?

POLYNICE : Si tu la trouves… dis, tu me le diras.

CRÉON : Deux polissons !

ŒDIPE, *à Créon* : Va-t'en.

(Créon sort.)

ÉTÉOCLE : Si je trouve quoi ?

POLYNICE : Cette autorisation. Mais il y en a une, moins particulière, que donc tu pourrais trouver plus facilement. C'est celle de te passer d'autorisation.

ÉTÉOCLE : Oh ! celle-là, je n'ai pas attendu de la trouver dans les livres, pour…

POLYNICE : … pour la prendre ?

ÉTÉOCLE : Parbleu ! Et si maintenant je cherche de bonnes raisons, c'est plutôt pour elle…

POLYNICE : Pour Ismène ?

ÉTÉOCLE : Oui, pour Ismène ; moi, personnellement, je m'en fous.

POLYNICE : Et si je te foutais mon poing sur la gueule, personnellement… tu t'en foutrais peut-être un peu moins ?

ÉTÉOCLE : Essaie voir seulement… Toi, jaloux ! Comme si, jusqu'à présent, nous n'avions pas tout partagé !… Alors, j'ai eu tort de te parler ?… Et puis non ! grosse bête ; c'est pas vrai. J'ai dit ça pour te faire grimper.

POLYNICE : Jure-moi qu'entre Ismène et toi, il n'y a rien.

ÉTÉOCLE : Jusqu'à présent, non ; je refoule.

POLYNICE : Pas tant que moi.

ÉTÉOCLE : Si je ne t'en avais pas parlé, tu n'y penserais même pas.

POLYNICE : C'est-à-dire que je n'aurais pas su que j'y pense. Il y a des tas de choses auxquelles nous pensons sans le savoir.

ÉTÉOCLE : C'est de quoi nos rêves sont faits.

Jean COCTEAU (1889-1963)
La machine infernale (1934)

(Grasset)

Cocteau joue avec le complexe d'Œdipe, qu'il annonce dans la scène sur les remparts en le renversant lorsqu'il révèle l'attirance de Jocaste pour le jeune soldat. Mais c'est dans « La nuit de noces » que le complexe est revisité et prend toute sa dimension dramatique. La présence du berceau dans la chambre nuptiale dit d'emblée au spectateur averti la culpabilité que Jocaste ressent pour avoir livré son fils aux bêtes sauvages. Mais l'attirance de Jocaste et d'Œdipe est réelle, et Cocteau est le premier à avoir tenté de la mettre en scène. L'acte entier regorge de jeux avec la situation de l'inceste qui dramatise en secret la situation réelle de la nuit de noces, produisant un discours à double sens dont le spectateur a pleinement conscience. La nuit de noces est d'abord interrompue par la visite de Tirésias qui vient remplir une mission. Il doit vérifier qu'Œdipe n'est pas un aventurier, l'avertir que les présages sont mauvais et tenter de le persuader de quitter la chambre nuptiale et le lit de la reine. Ses efforts sont bien entendu vains et les deux hommes s'affrontent. Le discours de Tirésias est contaminé par les images de l'inceste, comme lorsqu'il lui rappelle leur différence d'âge : « Jocaste pourrait être votre mère. » Au retour de Jocaste, les époux sont fatigués et ils luttent contre un sommeil qui leur donne des rêves et les plonge dans l'angoisse.

ŒDIPE, *il s'éveille* : Où étais-je ? Quelle horreur ! Jocaste, c'est toi… Quel cauchemar, quel cauchemar horrible.
JOCASTE : Là, là, c'est fini, tu es dans notre chambre, dans mes bras…
ŒDIPE : Tu n'as rien vu ? C'est vrai, je suis stupide, c'était cette peau de bête… Ouf ! J'ai dû parler ? De quoi ai-je parlé ?
JOCASTE : À ton tour[1]. Tu criais : « Madame ! Non, non,

1. Jocaste vient de faire un cauchemar elle aussi.

madame ! Non, madame. Grâce, madame ! » Quelle était cette méchante dame[1] ?

ŒDIPE : Je ne me souviens plus. Quelle nuit !

JOCASTE : Et moi ? Tes cris m'ont sauvée d'un cauchemar sans nom. Regarde ! tu es trempé, inondé de sueur. C'est ma faute. Je t'ai laissé t'endormir avec ces étoffes lourdes, ces colliers d'or, ces agrafes, ces sandales qui coupent les chevilles… *(Elle le soulève, il retombe.)* Allons ! quel gros bébé ! il est impossible de te laisser dans toute cette eau. Ne te fais pas lourd, aide-moi…

Elle le soulève, lui ôte sa tunique et le frotte.

ŒDIPE, *encore dans le vague* : Oui, ma petite mère chérie…

JOCASTE, *l'imitant* : Oui, ma petite mère chérie… Quel enfant ! Voilà qu'il me prend pour sa mère.

ŒDIPE, *réveillé* : Oh ! pardon, Jocaste, mon amour, je suis absurde. Tu vois, je dors à moitié, je mélange tout. J'étais à mille lieues, auprès de ma mère qui trouve toujours que j'ai trop froid ou trop chaud. Tu n'es pas fâchée ?

JOCASTE : Qu'il est bête ! Laisse-toi faire et dors. Toujours il s'excuse, il demande pardon. Quel jeune homme poli, ma parole ! Il a dû être choyé par une maman très bonne, trop bonne, et on la quitte, voilà. Mais je n'ai pas à m'en plaindre et je l'aime de tout mon cœur d'amoureuse la maman qui t'a dorloté, qui t'a gardé, qui t'a élevé pour moi, pour nous.

ŒDIPE : Tu es bonne.

JOCASTE : Parlons-en. Tes sandales. Lève ta jambe gauche. *(Elle le déchausse.)* Et ta jambe droite.

(Même jeu. Soudain, elle pousse un cri terrible.)

ŒDIPE : Tu t'es fait mal ?

JOCASTE : Non… non…

1. Œdipe revivait en rêve sa rencontre avec la Sphinx.

Elle recule, regarde les pieds d'Œdipe, comme une folle.

ŒDIPE : Ah ! mes cicatrices... Je ne les croyais pas si laides. Ma pauvre chérie, tu as eu peur ?
JOCASTE : Ces trous... d'où viennent-ils ?... Ils ne peuvent témoigner que de blessures si graves...
ŒDIPE : Blessures de chasse, paraît-il. J'étais dans les bois ; ma nourrice me portait. Soudain un sanglier débouche d'un massif et la charge. Elle a perdu la tête, m'a lâché. Je suis tombé, et un bûcheron a tué l'animal pendant qu'il me labourait à coups de boutoir... C'est vrai ! Mais elle est pâle comme une morte ? Mon chéri ! mon chéri ! J'aurais dû te prévenir. J'ai tellement l'habitude, moi, de ces trous affreux. Je ne te savais pas si sensible...
JOCASTE : Ce n'est rien...
ŒDIPE : La fatigue, la somnolence nous mettent dans cet état de vague terreur... tu sortais d'un mauvais rêve...
JOCASTE : Non... Œdipe ; non. En réalité ces cicatrices me rappellent quelque chose que j'essaie toujours d'oublier.

Pour en savoir plus...

Jean-Pierre CHARTIER, *Introduction à la pensée freudienne,* Petite bibliothèque Payot, 2001.

Sigmund FREUD, *Essais de psychanalyse appliquée,* Gallimard, 1933 ; *Trois essais sur la théorie de la sexualité,* Gallimard, 1962 ; *L'interprétation du rêve,* PUF, 2004 ; *Conférences d'introduction à la psychanalyse,* Gallimard, 1999.

Ernest JONES, *Hamlet et Œdipe,* Gallimard, « Tel », 1967.

Otto RANK, *Le mythe de la naissance du héros, Essai d'interprétation psychanalytique du mythe,* Payot, 1983.

Chronologie

Petite histoire du mythe

1.

La constitution du mythe

Le mythe d'Œdipe se constitue lentement, à partir d'éléments épars qui se précisent ou se transforment petit à petit, émergeant d'un imaginaire collectif. Les dates concernant la période antique restent floues pour la plupart, mais elles permettent d'avoir une idée de la construction chronologique de la matière mythique, qui collecte et rassemble des éléments divers tirés de la culture antique. Par exemple, on ignore si l'infirmité d'Œdipe était une malformation de naissance ou le résultat d'un acte barbare consistant à percer les chevilles du nourrisson qu'on allait exposer. En revanche, on sait que les nourrissons nés avec une malformation étaient exposés, abandonnés à la mort parce qu'ils étaient le signe de la colère des dieux, ce qui pourrait avoir été initialement le cas du bébé Œdipe, avant qu'on ne vienne ajouter au mythe l'oracle visant la postérité de Laïos et de Jocaste. La Sphinge appartient au genre des démons femelles, tout comme les Sirènes et les Érinyes. Puissance érotique et puissance de mort, son origine psychique est symbolisée par ses ailes. Dans les légendes les plus anciennes, l'union d'Œdipe et de Jocaste restait stérile, c'est seulement vers le Ve siècle avant J.-C. que la légende des fils est ajoutée au mythe du père. Ce n'est qu'à partir de l'œuvre de Sophocle que le mythe prend toute sa dimension humaine et politique. Le renoncement et la mutilation d'Œdipe sont des éléments nouveaux qui révèlent un changement de civilisation, comme le dit Marie Delcourt dans *Légendes et cultes de héros en Grèce* : « Dans la légende ancienne, le conquérant gardait sa coûteuse conquête. Chez les tragiques, il y renonce dès qu'il sait de quel prix il a dû la payer. Entre Homère et Sophocle, tout un monde s'est renouvelé. »

Vers 750 avant J.-C.	Homère, l'*Iliade* et l'*Odyssée*.
Ve siècle	Pindare (518-438 avant J.-C.), *Olympiques*.
467 avant J.-C.	Eschyle, *Laïos, Œdipe, Les Sept contre Thèbes,* seule la dernière pièce de cette trilogie nous est parvenue.
425 avant J.-C.	Sophocle, *Œdipe Roi*.
406 avant J.-C.	Sophocle, *Œdipe à Colone*.
Ve siècle	Euripide (480-406 avant J.-C.), on sait qu'il a composé un *Œdipe*, mais son texte a disparu.
Ier siècle	Sénèque, *Œdipe*. Stace, *La Thébaïde*.
Fin XIe siècle	« Diri patris », poème anonyme en latin.
1150	*Le Roman de Thèbes*.

2.

Une inspiration irriguant l'âge classique

La tragédie de Sophocle est le modèle aristotélicien par excellence, c'est sans aucun doute la raison pour laquelle autant d'auteurs de l'époque classique ont eu envie de composer leur *Œdipe*. Or, récrire *Œdipe Roi*, c'est se placer dans la filiation d'une tradition établie depuis plusieurs siècles, mais aussi vouloir imposer sa marque, son originalité par rapport au modèle, qui se mesure à l'invention de chacun. Les traductions de Sophocle et Sénèque se multiplient, tandis que les auteurs s'essayent à traiter ce sujet, ce que les règles de la tragédie classique rendent compliqué. Comment expliquer la disparition de Phorbas, qui aurait pu empêcher Jocaste d'épouser le meurtrier de son mari, selon le principe de vraisemblance ? Que faire de la dernière image de la pièce, de cet Œdipe aux yeux sanglants qui se présente au regard des spectateurs, contrevenant au principe de bienséance ? Comment traiter l'inceste et la progéniture maudite du roi parricide ? L'abbé d'Aubignac n'hésite pas à condamner Corneille pour avoir porté ce sujet sur la scène, dans sa *Troisième dissertation concernant le poème dramatique, en forme de remarques sur la tragédie de M. Corneille intitulée l'*Œdipe : « Il faut enseigner des choses qui maintiennent la société publique, qui servent à retenir les peuples dans leur devoir et qui montrent toujours les souverains comme des objets de vénération environnés des vertus comme de la gloire. » Or le mythe d'Œdipe a fasciné les auteurs classiques qui en proposent des variations originales, ajoutant des personnages pour en étoffer l'intrigue ou pour mieux plaire à leur public. Racine ne l'a pas directement traité et il en évoque les raisons dans la Préface à sa *Thébaïde*, en 1670 : « Je suis persuadé que les tendresses ou les jalousies des amants ne sauraient trouver que fort peu de place parmi les incestes, les parricides et toutes les autres horreurs qui composent l'histoire d'Œdipe et de sa malheureuse famille. » Si le mythe a pu être aussi fécond, c'est parce que les tragédies classiques sont éminemment politiques et que l'histoire d'Œdipe permet d'aborder la question du roi, du père, du lien entre le pouvoir terrestre et le pouvoir divin dont le roi est une émanation, mais aussi celle de la grâce et du libre arbitre qui nourrissait des querelles animées entre jansénistes et jésuites. Les classiques vont chercher à sauver l'image de la royauté soit en excluant Œdipe de sa faute, soit en faisant de lui un homme sacrifié pour sauver les Thébains, ou encore en accusant une religion abusive qui ne laisse plus de place à la liberté de l'homme.

1659	Corneille, *Œdipe*; traduction par Marolles de l'*Œdipe* de Sénèque.
1664	Racine, *La Thébaïde ou les frères ennemis* (l'action se passe alors qu'Œdipe est déjà mort).
1672	John Dryden et Nathaniel Lee, *Œdipus : A Tragedy*, adaptation de la tragédie de Sophocle.
1692	Traduction par Dacier de l'*Œdipe Roi* de Sophocle.
1718	Voltaire, *Œdipe*.
1719	Biancolelli, dit Dominique, *Œdipe travesti*, parodie de l'*Œdipe* de Voltaire.
1719-1720	Querelle sur l'*Œdipe* de Voltaire, publication de nombreuses lettres attaquant ou justifiant les choix du jeune auteur.
1722	Père Folard, *Œdipe tragédie*.

1726	Houdar de La Motte, *Œdipe en prose et en vers.*
1726	Legrand, *Le Chevalier errant, Parodie de l'Œdipe de M. de La Motte,* dans laquelle Jocaste devient Madame Cocasse.
1729	La Tournelle, *Œdipe ou Les trois fils de Jocaste, Œdipe ou L'Ombre de Laïus*; nouvelle traduction de l'*Œdipe Roi* de Sophocle par Boivin.
1731	La Tournelle, *Œdipe et Polybe,* et *Œdipe et toute sa famille.*
1781	Brancas de Lauraguais, *Jocaste.*
1784	Buffardin d'Aix, *Œdipe à Thèbes ou Le Fatalisme.*
1786	Antonio Sacchini, *Œdipe à Colone,* opéra joué à Versailles qui se termine bien : dans la version du librettiste Nicolas Guillard, Œdipe pardonne à Polynice.
1793	Nicolas-Germain Léonard, *Œdipe-Roi ou La Fatalité.*

3.

Œdipe, entre veille théâtrale et renouveau

L'époque romantique n'a produit, en France, aucune réécriture notable du mythe d'Œdipe, si l'on excepte la version d'André Chénier. Mais il a donné lieu en Allemagne aux traductions de Hölderlin qui sont de réelles réinterprétations, ou à l'écriture parodique et burlesque de *La Cruche cassée* par le dramaturge Kleist. Il a également inspiré Friedrich Nietzsche pour qui Œdipe est « la figure la plus douloureuse du théâtre grec ». Mais, en France, il devient un sujet pour d'autres artistes que les écrivains, inspirant les peintres, les sculpteurs et les musiciens. Il n'a pourtant pas complètement disparu de la sphère littéraire. On voit apparaître, dans les romans et les pièces de Musset, de Stendhal, de Hugo et même de Balzac, le personnage du jeune homme de 1830, le plus souvent issu d'un modèle familial déficient, un fils sans père ou sans mère, orphelin ou bâtard, qui, n'ayant plus de père ni de roi à tuer, se confronte à l'histoire. Julien Sorel dans *Le Rouge et le Noir* de Stendhal et Félix de Vandenesse dans *Le Lys dans la vallée* de Balzac, sont précipités dans le monde par des femmes plus âgées qui les ont pris sous leur aile. Julien s'oppose à son père depuis les premières pages du livre et sa relation clairement incestueuse avec Mme de Rênal s'achève par un meurtre raté qui signe sa perte et son retour à la mère. Que dire d'Eugène de Rastignac qui, amant de Delphine de Nucingen pendant vingt ans, finit par épouser sa fille, faisant le choix cynique de l'inceste ? Mais le mythe est comme dormant, il nourrit structurellement les œuvres littéraires, attendant encore d'être renouvelé.

1804	traduction d'*Antigone* et d'*Œdipe* de Sophocle par Hölderlin.
1808	Kleist, *La Cruche cassée*, une version farcesque d'*Œdipe*, dans laquelle le juge, pied-bot, est le coupable qu'il recherche.
1810	Antoine-Denis Chaudet, *Œdipe enfant rappelé à la vie par le berger Phorbas qui l'a détaché de l'arbre* (sculpture, musée du Louvre).
1818	Chénier, *Œdipe Roi*, publication posthume.
1827	Ingres, *Œdipe explique l'énigme du sphinx*, 1808, exposé au salon de 1827 (Musée du Louvre).
1845	Felix Mendelssohn-Bartholdy, *Œdipe à Colone*, musique de scène.
1864	Gustave Moreau peint un *Œdipe et le Sphinx* symboliste.
1885	Jean-Baptiste Hugues, *Œdipe à Colone* (sculpture, musée d'Orsay)

4.

D'Œdipe à l'œdipe

La lecture freudienne du mythe le renouvelle profondément, nourrissant une nouvelle vague d'inspiration littéraire qui s'amuse de l'universalité du concept et allège la tragédie. Selon la définition du *Dictionnaire de la psychanalyse* dirigé par Élisabeth Roudinesco et Michel Plon, « le complexe d'Œdipe est la représentation inconsciente par laquelle s'exprime le désir sexuel ou amoureux de l'enfant pour le parent du sexe opposé et son hostilité pour le parent du même sexe ». La vie d'Œdipe devient ainsi le paradigme de la destinée humaine, jusqu'à sa mutilation finale, dans laquelle Freud lit une castration symbolique qu'il intègre à sa théorie comme le signe de la fin du complexe. Il n'est plus possible de parler du mythe sans penser au complexe et les auteurs vont jouer d'humour et d'ironie, dissimulant des motifs secrets, écrivant des phrases à double sens, pour mieux partager une connivence avec leurs lecteurs ou leurs spectateurs.

15 octobre 1897 Lettre de Freud à Fliess.

1897 Joséphin Peladan, *Œdipe et le Sphinx, tragédie selon Sophocle, en prose.*

1900 Freud, *L'interprétation des rêves.*

1905 Hofmannsthal, *Œdipe et la Sphinge,* une lecture freudienne qui s'attache aux événements qui suivent la mort de Laïos.

1916 Freud, *Introduction à la psychanalyse*; Leoncavallo, *Œdipe Roi,* opéra.

1927 Igor Stravinsky, *Œdipus Rex,* opéra sur un

	livret de Jean Cocteau traduit en latin par Jean Daniélou.
1930	André Gide, *Œdipe.*
1934	Jean Cocteau, *La machine infernale.*
1936	Georg Enescu, *Œdipe*, opéra en français qui dramatise dans l'ordre chronologique toutes les étapes de la vie d'Œdipe.
1953	Alain Robbe-Grillet, *Les Gommes.*
1956	Michel Butor, *L'emploi du temps*, dans lequel la figure de Thésée redouble celle d'Œdipe.

5.

Œdipe : une surface de projection

Dans les cinquante dernières années, le mythe d'Œdipe a donné lieu à de nombreuses œuvres, musicales, picturales, cinématographiques et littéraires, qui marquent toutes un écart très sensible avec l'œuvre source, la matrice de Sophocle. Les philosophes Gilles Deleuze et Félix Guattari ont même écrit un *Anti-Œdipe* qui conteste l'interprétation freudienne du mythe, qui le réduisait à un schéma familial bourgeois et patriarcal. Œdipe se libère, pour ainsi dire, de l'œdipe et ses avatars se multiplient. Si Œdipe devient un prophète du marxisme pour le cinéaste Pier Paolo Pasolini (1922-1975), jouant de la flûte devant une usine, c'est surtout au théâtre que le mythe est retravaillé, revisité. L'Eddy du dramaturge anglais Steven Berkoff nous fait plonger dans le monde des marginaux de banlieue, tandis que la Pythie fatiguée de Friedrich Dürrenmatt, auteur suisse de langue allemande, s'amuse à dire les pires énormités pour se moquer des hommes et de leur crédulité et que le Suédois Lars Norén écrit un mélodrame moderne où il combine mythe et psychanalyse sous le regard des médias et y projette homosexualité et séropositivité. Le mythe d'Œdipe est loin d'avoir dit son dernier mot.

1967	Pier Paolo Pasolini, *Edipe Re,* avec Silvana Mangano dans le rôle de Jocaste.
1972	Michel Foucault, *Le savoir d'Œdipe,* publié in *Leçons sur la volonté de savoir, Cours au Collège de France, 1970-1971*; Deleuze et Guattari, *L'Anti-Œdipe.*
1978	Jean Anouilh, *Œdipe ou Le roi boiteux.*
1980	Steven Berkoff (Royaume-Uni), *Greek,* sur lequel Mark-Anthony Turnage compose un opéra joué en 1988.
1983	Francis Bacon, *Œdipe et le Sphinx* (peinture reproduite en couverture).
1989	Friedrich Dürrenmatt, *La Mort de la Pythie.*
1990	Henry Bauchau, *Œdipe sur la route.*
1994	Didier Lamaison, *Œdipe roi.*
1995	Lars Norén, *Sang.*
2009	Joël Jouanneau, *Sous l'œil d'Œdipe*; Nancy Huston, *Jocaste reine.*

Éléments pour une fiche de lecture

Regarder le tableau

- Décrivez succinctement le tableau comme si vous ne connaissiez pas son titre. Recommencez l'exercice en tenant compte de son titre, cette fois.
- Quelles couleurs dominantes Francis Bacon a-t-il utilisées ? Sont-elles conformes à une atmosphère tragique ?
- Le peintre semble vouloir attirer l'attention du spectateur par des cercles ou une flèche : que désignent-ils ?
- Les personnages qui donnent leur titre au tableau sont relégués aux bords de la toile : commentez ce choix d'organisation spatiale.

Résumez !

Racontez l'histoire d'Œdipe avec le plus de concision possible, une phrase par épisode, en vous basant sur *Œdipe Roi* de Sophocle et en adoptant, au choix, le point de vue d'Œdipe, de Jocaste, de Tirésias, de Créon ou d'Antigone.

Sur *Œdipe Roi* de Sophocle

- Quels sont les savoirs qui s'affrontent dans *Œdipe Roi* ?
- Œdipe est-il un homme de compromis ? Argumentez.
- Dans l'ensemble du texte, relevez ce qui caractérise sa fonction royale. Comment les autres personnages s'adressent-ils à lui ? Est-ce que le chœur lui parle avec autant de déférence au début et à la fin de la pièce ? Pourquoi ?
- Michel Foucault a écrit qu'*Œdipe Roi* constituait le premier témoignage d'une pratique judiciaire grecque. Pouvez-vous reconstituer cette pratique en vous appuyant sur le texte ?

Sur *Œdipe à Colone* de Sophocle

- Dans *Œdipe à Colone*, relevez les arguments qu'utilise Œdipe pour démontrer son innocence. Cela vous paraît-il convaincant ? Ses interlocuteurs seront-ils convaincus ?
- Vous êtes l'avocat d'Œdipe, rédigez votre plaidoirie.

Sur Sénèque

À quelle grande héroïne de la tragédie classique vous fait penser la Jocaste de Sénèque ? Comparer les tirades des deux femmes demandant la mort à celui qu'elles aiment.

- En quoi Sénèque est-il davantage cru et violent ? Comment Racine adoucit-il l'interdit ?

Sur *Le Roman de Thèbes*

- Quel vers compose *Le Roman de Thèbes* ?
- Faites une recherche pour comprendre pourquoi on parle de roman alors que le texte est écrit en vers.

Sur Pierre Corneille

- Le motif du sang est très présent dans *Œdipe* de Corneille. Relevez les occurrences et les significations du terme dans la pièce. Avec quels mots Corneille le fait-il rimer ?
- Connaissez vous d'autres tragédies de Corneille qui prennent pour sujet un mythe ? Et de Racine ?

Sur Voltaire

- Pourquoi, selon vous, Voltaire n'a-t-il pas utilisé le nom de Tirésias, mais celui, plus anonyme, de « grand prêtre » ?
- Le grand prêtre est-il une variation sur le modèle de Tirésias ou bien un nouveau personnage ? Pourquoi ?

Sur André Gide

- Relevez les formules prosaïques dans les extraits de l'*Œdipe* de Gide. Quel effet ces mots vous font-ils à la lecture ? Cela vous surprend ? Pourquoi ?
- Qu'est-ce que l'ironie ? Définissez l'ironie tragique et proposez-en un exemple.

Sur Jean Cocteau

- À quel texte vous fait penser la découverte par Jocaste des affreuses cicatrices d'Œdipe ? N'y a-t-il pas dans l'anthologie un autre texte qui utilise également cette intertextualité ?
- Le premier acte fait directement référence à *Hamlet* de Shakespeare. Pouvez-vous trouver d'autres signes plus discrets de cet emprunt littéraire dans le reste de la pièce ?

Sur Alain Robbe-Grillet

- Relevez dans l'extrait proposé les allusions au mythe d'Œdipe.
- Wallas cherche à acheter une gomme, dans ce roman, d'une marque précise, qu'il a oubliée, mais il se souvient que les deux lettres centrales de ce nom sont DI. Imaginez et écrivez l'explication de Wallas à la papetière pour obtenir cette gomme.
- Réécrivez l'extrait de l'anthologie comme si Wallas en était l'auteur.

Sur Henry Bauchau

- En quoi la violence et la force des éléments naturels en présence sont-elles symboliques ?
- Quel est le rapport d'Œdipe à la nature dans ce passage ? Relevez le champ lexical utilisé pour donner l'idée d'un combat surhumain.

Sur Didier Lamaison

- Écrivez l'article de journal paru le lendemain du jour de la catastrophe en adoptant le point de vue d'un journaliste qui a assisté à la découverte de la vérité.

Sur le mythe

- Quelle est la version, parmi celles qui vous sont proposées, qui vous paraît la plus éloignée du mythe ? Argumentez et justifiez votre réponse.
- Composez votre propre version du mythe d'Œdipe en l'adaptant au monde contemporain.

Collège

Combats du 20ᵉ siècle en poésie (anthologie) (161)
Fabliaux (textes choisis) (37)
Gilgamesh et Hercule (217)
La Bible (textes choisis) (49)
La Farce de Maître Pathelin (146)
La poésie sous toutes ses formes (anthologie) (253)
Le Livre d'Esther (249)
Les Quatre Fils Aymon (208)
Les récits de voyage (anthologie) (144)
Mère et fille (Correspondances de Mme de Sévigné, George Sand, Sido et Colette) (anthologie) (112)
Poèmes à apprendre par cœur (anthologie) (191)
Poèmes pour émouvoir (anthologie) (225)
Schéhérazade et Aladin (192)
ALAIN-FOURNIER, *Le grand Meaulnes* (174)
Jean ANOUILH, *Le Bal des voleurs* (113)
Marcel AYMÉ, Ray BRADBURY, Dino BUZZATI, *3 nouvelles sur le temps* (240)
Honoré de BALZAC, *L'Élixir de longue vie* (153)
Henri BARBUSSE, *Le Feu* (91)
Joseph BÉDIER, *Le Roman de Tristan et Iseut* (178)
Lewis CARROLL, *Les Aventures d'Alice au pays des merveilles* (162)
Blaise CENDRARS, *Faire un prisonnier* (235)
Samuel de CHAMPLAIN, *Voyages au Canada* (198)
CHRÉTIEN DE TROYES, *Le Chevalier au Lion* (2)
CHRÉTIEN DE TROYES, *Lancelot ou le Chevalier de la Charrette* (133)
CHRÉTIEN DE TROYES, *Perceval ou Le Conte du Graal* (195)
COLETTE, *Dialogues de bêtes* (36)

DANS LA MÊME COLLECTION

DANS LA MÊME COLLECTION

Gaston LEROUX, *Le Mystère de la chambre jaune* (4)
Jack LONDON, *Loup brun* (210)
Guy de MAUPASSANT, *9 nouvelles légères* (251)
Guy de MAUPASSANT, *12 contes réalistes* (42)
Guy de MAUPASSANT, *Boule de suif* (103)
MOLIÈRE, *Les Fourberies de Scapin* (3)
MOLIÈRE, *Le Médecin malgré lui* (20)
MOLIÈRE, *Trois courtes pièces* (26)
MOLIÈRE, *L'Avare* (41)
MOLIÈRE, *Les Précieuses ridicules* (163)
MOLIÈRE, *Le Sicilien ou l'Amour peintre* (203)
MOLIÈRE, *George Dandin ou Le Mari confondu* (218)
MOLIÈRE, *Le Malade imaginaire* (227)
Alfred de MUSSET, *Fantasio* (182)
Alfred de MUSSET, *Les Caprices de Marianne* (245)
George ORWELL, *La Ferme des animaux* (94)
OVIDE, *Les Métamorphoses* (231)
Amos OZ, *Soudain dans la forêt profonde* (196)
Louis PERGAUD, *La Guerre des boutons* (65)
Charles PERRAULT, *Contes de ma Mère l'Oye* (9)
Edgar Allan POE, *6 nouvelles fantastiques* (164)
Jacques PRÉVERT, *Paroles* (29)
Jules RENARD, *Poil de Carotte* (66)
Jules RENARD, *Poil de Carotte, Comédie en un acte* (261)
J.-H. ROSNY AÎNÉ, *La guerre du feu* (254)
Antoine de SAINT-EXUPÉRY, *Vol de nuit* (114)
George SAND, *La Marquise* (258)
Mary SHELLEY, *Frankenstein ou Le Prométhée moderne* (145)
John STEINBECK, *Des souris et des hommes* (47)

Robert Louis STEVENSON, *L'Étrange Cas du docteur Jekyll et de M. Hyde* (53)

Jean TARDIEU, *9 courtes pièces* (156)

Michel TOURNIER, *Vendredi ou La Vie sauvage* (44)

Fred UHLMAN, *L'Ami retrouvé* (50)

Jules VALLÈS, *L'Enfant* (12)

Paul VERLAINE, *Fêtes galantes* suivi de *Poèmes saturniens* (38)

Jules VERNE, *Le Tour du monde en 80 jours* (32)

H. G. WELLS, *La Guerre des mondes* (116)

Oscar WILDE, *Le Fantôme de Canterville* (22)

Oscar WILDE, *Le Portrait de Dorian Gray* (255)

Richard WRIGHT, *Black Boy* (199)

Marguerite YOURCENAR, *Comment Wang-Fô fut sauvé et autres nouvelles* (100)

Émile ZOLA, *3 nouvelles* (141)

Lycée

Série Classiques

Anthologie du théâtre français du 20e siècle (220)

Écrire en temps de guerre, Correspondances d'écrivains (1919-1949) (anthologie) (260)

Écrire sur la peinture (anthologie) (68)

Encyclopédie ou *Dictionnaire raisonné des sciences, des arts et des métiers* (textes choisis) (142)

La poésie baroque (anthologie) (14)

Les grands manifestes littéraires (anthologie) (175)

Le sonnet (anthologie) (46)

Le Sport, miroir de la société ? (anthologie) (221)

L'intellectuel engagé (anthologie) (219)

Nouvelles formes du récit. Anthologie de textes des 50 dernières années (248)

DANS LA MÊME COLLECTION

Paroles, échanges, conversations, et révolution numérique (textes choisis) (237)
Guillaume APOLLINAIRE, *Alcools* (238)
Honoré de BALZAC, *La Peau de chagrin* (11)
Honoré de BALZAC, *La Duchesse de Langeais* (127)
Honoré de BALZAC, *Le roman de Vautrin* (textes choisis dans *La Comédie humaine*) (183)
Honoré de BALZAC, *Le Père Goriot* (204)
Honoré de BALZAC, *La Recherche de l'Absolu* (224)
René BARJAVEL, *Ravage* (95)
Charles BAUDELAIRE, *Les Fleurs du Mal* (17)
Charles BAUDELAIRE, *Le Spleen de Paris* (242)
BEAUMARCHAIS, *Le Mariage de Figaro* (128)
Jacques-Henri BERNARDIN DE SAINT-PIERRE, *Paul et Virginie* (244)
Aloysius BERTRAND, *Gaspard de la Nuit* (207)
André BRETON, *Nadja* (107)
Albert CAMUS, *L'Étranger* (40)
Albert CAMUS, *La Peste* (119)
Albert CAMUS, *La Chute* (125)
Albert CAMUS, *Les Justes* (185)
Albert CAMUS, *Caligula* (233)
Albert CAMUS, *L'Envers et l'Endroit* (247)
Louis-Ferdinand CÉLINE, *Voyage au bout de la nuit* (60)
René CHAR, *Feuillets d'Hypnos* (99)
François-René de CHATEAUBRIAND, *Mémoires d'outre-tombe* (Livres IX à XII) (118)
Pierre CHODERLOS DE LACLOS, *Les Liaisons dangereuses* (5)
Driss CHRAÏBI, *La Civilisation, ma Mère !...* (165)
Paul CLAUDEL, *L'Échange* (229)

DANS LA MÊME COLLECTION

Albert COHEN, *Le Livre de ma mère* (45)
Benjamin CONSTANT, *Adolphe* (92)
Pierre CORNEILLE, *Le Menteur* (57)
Pierre CORNEILLE, *Cinna* (197)
Denis DIDEROT, *Paradoxe sur le comédien* (180)
Madame de DURAS, *Ourika* (189)
Marguerite DURAS, *Un barrage contre le Pacifique* (51)
Marguerite DURAS, *La douleur* (212)
Marguerite DURAS, *La Musica* (241)
Paul ÉLUARD, *Capitale de la douleur* (126)
Paul ÉLUARD, MAN RAY, *Les Mains libres* (256)
Annie ERNAUX, *La place* (61)
Marie FERRANTI, *La Princesse de Mantoue* (262)
Gustave FLAUBERT, *Madame Bovary* (33)
Gustave FLAUBERT, *Écrire* Madame Bovary *(Lettres, pages manuscrites, extraits)* (157)
André GIDE, *Les Faux-Monnayeurs* (120)
André GIDE, *La Symphonie pastorale* (150)
Victor HUGO, *Hernani* (152)
Victor HUGO, *Mangeront-ils ?* (190)
Victor HUGO, *Pauca meae* (209)
Eugène IONESCO, *Rhinocéros* (73)
Eugène IONESCO, *Macbett* (250)
Philippe JACCOTTET, *À la lumière d'hiver* (222)
Sébastien JAPRISOT, *Un long dimanche de fiançailles* (27)
Charles JULIET, *Lambeaux* (48)
Franz KAFKA, *Lettre au père* (184)
Eugène LABICHE, *L'Affaire de la rue de Lourcine* (98)
Jean de LA BRUYÈRE, *Les Caractères* (24)
Madame de LAFAYETTE, *La Princesse de Clèves* (39)
Louis MALLE et Patrick MODIANO, *Lacombe Lucien* (147)

André MALRAUX, *La Condition humaine* (108)
MARIVAUX, *L'Île des Esclaves* (19)
MARIVAUX, *La Fausse Suivante* (75)
MARIVAUX, *La Dispute* (181)
Guy de MAUPASSANT, *Le Horla* (1)
Guy de MAUPASSANT, *Pierre et Jean* (43)
Guy de MAUPASSANT, *Bel-Ami* (211)
Herman MELVILLE, *Bartleby le scribe* (201)
MOLIÈRE, *L'École des femmes* (25)
MOLIÈRE, *Le Tartuffe* (35)
MOLIÈRE, *L'Impromptu de Versailles* (58)
MOLIÈRE, *Amphitryon* (101)
MOLIÈRE, *Le Misanthrope* (205)
MOLIÈRE, *Les Femmes savantes* (223)
Michel de MONTAIGNE, *Des cannibales + La peur de l'autre* (anthologie) (143)
MONTESQUIEU, *Lettres persanes* (56)
MONTESQUIEU, *Essai sur le goût* (194)
Alfred de MUSSET, *Lorenzaccio* (8)
Irène NÉMIROVSKY, *Suite française* (149)
OVIDE, *Les Métamorphoses* (55)
Blaise PASCAL, *Pensées* (Liasses II à VIII) (148)
Pierre PÉJU, *La petite Chartreuse* (76)
Daniel PENNAC, *La fée carabine* (102)
Georges PEREC, *Quel petit vélo à guidon chromé au fond de la cour ?* (215)
Luigi PIRANDELLO, *Six personnages en quête d'auteur* (71)
Francis PONGE, *Le parti pris des choses* (170)
Abbé PRÉVOST, *Manon Lescaut* (179)
Marcel PROUST, *Du côté de chez Swann* (246)

Raymond QUENEAU, *Zazie dans le métro* (62)
Raymond QUENEAU, *Exercices de style* (115)
Pascal QUIGNARD, *Tous les matins du monde* (202)
François RABELAIS, *Gargantua* (21)
Jean RACINE, *Andromaque* (10)
Jean RACINE, *Britannicus* (23)
Jean RACINE, *Phèdre* (151)
Jean RACINE, *Mithridate* (206)
Jean RACINE, *Bérénice* (228)
Raymond RADIGUET, *Le Bal du comte d'Orgel* (230)
Rainer Maria RILKE, *Lettres à un jeune poète* (59)
Arthur RIMBAUD, *Illuminations* (193)
Edmond ROSTAND, *Cyrano de Bergerac* (70)
SAINT-SIMON, *Mémoires* (64)
Nathalie SARRAUTE, *Enfance* (28)
Jorge SEMPRUN, *L'Écriture ou la vie* (234)
William SHAKESPEARE, *Hamlet* (54)
William SHAKESPEARE, *Macbeth* (259)
SOPHOCLE, *Antigone* (93)
STENDHAL, *La Chartreuse de Parme* (74)
STENDHAL, *Vanina Vanini et autres nouvelles* (200)
Michel TOURNIER, *Vendredi ou les limbes du Pacifique* (132)
Vincent VAN GOGH, *Lettres à Théo* (52)
VOLTAIRE, *Candide ou l'Optimisme* (7)
VOLTAIRE, *L'Ingénu* (31)
VOLTAIRE, *Micromégas* (69)
Émile ZOLA, *Thérèse Raquin* (16)
Émile ZOLA, *L'Assommoir* (140)
Émile ZOLA, *Au Bonheur des Dames* (232)
Émile ZOLA, *La Bête humaine* (239)
Émile ZOLA, *La Curée* (257)

Série Philosophie

Notions d'esthétique (anthologie) (110)

Notions d'éthique (anthologie) (171)

ALAIN, *44 Propos sur le bonheur* (105)

Hannah ARENDT, *La Crise de l'éducation* extrait de *La Crise de la culture* (89)

ARISTOTE, *Invitation à la philosophie (Protreptique)* (85)

Walter BENJAMIN, *L'œuvre d'art à l'époque de sa reproductibilité technique* (123)

Émile BENVENISTE, *La communication*, extrait de *Problèmes de linguistique générale* (158)

Albert CAMUS, *Réflexions sur la guillotine* (136)

René DESCARTES, *Méditations métaphysiques* – « 1, 2 et 3 » (77)

René DESCARTES, *Des passions en général*, extrait de *Les Passions de l'âme* (129)

René DESCARTES, *Discours de la méthode* (155)

Denis DIDEROT, *Le Rêve de d'Alembert* (139)

Émile DURKHEIM, *Les règles de la méthode sociologique* – « Préfaces, chapitres 1, 2 et 5 » (154)

ÉPICTÈTE, *Manuel* (173)

Michel FOUCAULT, *Droit de mort et pouvoir sur la vie*, extrait de *La Volonté de savoir* (79)

Sigmund FREUD, *Sur le rêve* (90)

Thomas HOBBES, *Léviathan* – « Chapitres 13 à 17 » (111)

David HUME, *Dialogues sur la religion naturelle* (172)

François JACOB, *Le programme* et *La structure visible*, extraits de *La logique du vivant* (176)

Emmanuel KANT, *Des principes de la raison pure pratique*, extrait de *Critique de la raison pratique* (87)

Emmanuel KANT, *Idée d'une histoire universelle au point de vue cosmopolitique* (166)

Étienne de LA BOÉTIE, *Discours de la servitude volontaire* (137)

G.W. LEIBNIZ, *Préface aux Nouveaux essais sur l'entendement humain* (130)

Claude LÉVI-STRAUSS, *Race et histoire* (104)

Nicolas MACHIAVEL, *Le Prince* (138)

Nicolas MALEBRANCHE, *La Recherche de la vérité* – « De l'imagination, 2 et 3 » (81)

Marc AURÈLE, *Pensées* – « Livres II à IV » (121)

Karl MARX, *Feuerbach. Conception matérialiste contre conception idéaliste* (167)

Maurice MERLEAU-PONTY, *L'Œil et l'Esprit* (84)

Maurice MERLEAU-PONTY, *Le cinéma et la nouvelle psychologie* (177)

John Stuart MILL, *De la liberté de pensée et de discussion*, extrait de *De la liberté* (122)

Friedrich NIETZSCHE, *La « faute », la « mauvaise conscience » et ce qui leur ressemble (Deuxième dissertation)*, extrait de *La Généalogie de la morale* (86)

Friedrich NIETZSCHE, *Vérité et mensonge au sens extra-moral* (139)

Blaise PASCAL, *Trois discours sur la condition des Grands* et six liasses extraites des *Pensées* (83)

PLATON, *La République* – « Livres 6 et 7 » (78)

PLATON, *Le Banquet* (109)

PLATON, *Apologie de Socrate* (124)

PLATON, *Gorgias* (159)

Jean-Jacques ROUSSEAU, *Discours sur l'origine et les fondements de l'inégalité parmi les hommes* (82)

DANS LA MÊME COLLECTION

SAINT AUGUSTIN, *La création du monde et le temps* – « Livre XI, extrait des *Confessions* » (88)

Baruch SPINOZA, *Lettres sur le mal* – « Correspondance avec Blyenbergh » (80)

Alexis de TOCQUEVILLE, *De la démocratie en Amérique I* – « Introduction, chapitres 6 et 7 de la deuxième partie » (97)

Simone WEIL, *Les Besoins de l'âme*, extrait de *L'Enracinement* (96)

Ludwig WITTGENSTEIN, *Conférence sur l'éthique* (131)

NOTES

NOTES

NOTES

NOTES

NOTES

NOTES

Composition Rosa Beaumont
Impression Novoprint
à Barcelone, le 28 mai 2014.
Dépôt légal : mai 2014.
ISBN : 978-2-07-45781-6 / Imprimé en Espagne.

262870